口づけの合間に囁けば、王妃は従順に膝を立て、おずおずと両腿を開いた。
身体をずらし、今度は散々指で弄った乳首に吸い付く。
「ひぁ…っ、あっ、はぁ、んっ」
舌先でくすぐりながら吸い上げれば、王妃は背中を反らし、甲高く啼いた。

冷徹王の最愛妻

～身代わり姫の偽り政略結婚～

ナツ

Vanilla文庫

冷徹王の最愛妻
身代わり姫の偽り政略結婚

目次

イラスト／すがはらりゅう

第一章　アメリアの決断と覚悟

アメリアには姓がない。

【サロン・ステラ】に住み込みで働いている者は皆、ファーストネームしか名乗らない為《ため》、幼い頃はそれが普通だと思っていた。

【サロン・ステラ】とは、ブレスコット王国の王都の一等地にある特別な高級娼館のことだ。『特別な』というのは大げさな表現ではない。

サロンのオーナーであるアメリアの母が受け入れるのは、ブレスコットの高位貴族や外国の王侯貴族だけだった。身分が高い者ですら、飛び込みでは入店できない。

娼館の外装や内装は上品かつ洒落《しゃれ》たもので、王家が所有する離宮と言ってもおかしくない雰囲気をたたえている。娼妓《しょうぎ》はもちろん男衆から下働きに至るまで、ここで働く誰もが母に心酔していて、彼女はまるで女王のように彼らの上に君臨していた。

アメリアには父がいない。

母は未婚のままアメリアを生んだあと、女手一つで一人娘を育てあげた。

母がどういった経緯で【サロン・ステラ】を設立したのか、詳しい経緯を知る者はいない。元は大貴族のお嬢様だとか、今は亡き国の王女様だとか噂《うわさ》だけは色々あったが、母はどの噂にも『そうかもしれないわね』と微笑《ほほえ》むだけだった。

母はアメリアがある程度育つとすぐに、優秀な家庭教師を数名雇い入れた。

考えてみれば、不思議な話だ。

最低限の読み書きと計算ができれば良いとされる平民の娘でありながら、アメリアは貴族子女並みの教育を施されたのだから。

外国語に礼儀作法、歴史や地理など、家庭教師たちはそれぞれの得意分野をアメリアに教え込んだ。ダンスや乗馬の教師がつけられた時は、流石《さすが》に『これって何の役に立つの？』と尋ねずにいられなかったが、母は『生きていく上で役に立たないスキルなんてないわ。いざという時の備えはどれだけしたって足りないものよ』と答えた。

いざという時、というのがいつを指すのかアメリアにはさっぱり分からなかった。

だが今日、ようやく全てが腑《ふ》に落ちた。

「――これまで君に対し見て見ぬ振りをしてきたというのに、何とも虫のいい話だと分かっている。だが私達にはもう他に道がない」

アメリアの前で切々と訴えている壮年の男性は、ジョルジュ＝ブランドル＝ブレスコットと名乗った。

名前だけでなく顔や背格好も、建国記念日のパレードで毎年遠目に眺めていた人物と完全に一致する。間違いなく、ここにいるのはブレスコット王国の国王だ。

ということは、彼の隣にいるのがアンナ王妃で、そのまた隣でさめざめと泣いているのはクラウディア王女だろう。

慈善活動に熱心な王妃はともかく、クラウディア王女が表に出てくることは殆《ほとん》どない。

一体どんな方だろう、と気になったが、肝心の王女は終始無言で俯《うつむ》き、更には目頭をハンカチで押さえている為、顔の造作さえ分からなかった。

人目を避けるようにしてやってきた三人の客を、娼館の最上階——特別な太客が密談を行う時に用いる部屋に案内したのは、アメリアだ。

遅れてやってきた母に後を任せ、いつものように部屋を辞そうとしたアメリアを引き留めたのは、母だった。

『あなたも残って、話を聞いてちょうだい。陛下のご用は、あなたにあるのだから』

アメリアは大きく目を見開き、客に視線を戻した。

帽子を深く被り、コートの襟を立てて顔を隠した男を、まじまじと見つめる。

男は帽子とコートを脱ぐと、アメリアをまっすぐに見つめ返してこう言った。

『ああ、兄上によく似ている』と——。

応接ソファーに腰を下ろした国王は早速、何故《なぜ》ここへ来たのか用件を話し始めたが、アメリアにとっては寝耳に水な話ばかりで、現状を把握するので精一杯だ。

「――ええと、つまり私の父は、陛下の兄君でいらっしゃる先代リカルド国王、ということですか？　そして陛下は私に、クラウディア王女の身代わりとしてゼーフェラングに嫁いで欲しい、と」

荒唐無稽な話過ぎて、こうして話していても全く現実味が湧いてこない。

だがジョルジュ国王は真剣な表情で頷《うなず》いた。

「すぐには信じられないだろうが、間違いない。君は私の姪《めい》で、ここにいるクラウディアの従姉妹《いとこ》ということになる。私は君がまだ幼い頃、会ったことがあるんだよ。君の母が【サロン・ステラ】を経営するようになってからは、一度も会わせてもらえなかったが」

そこまで説明すると、国王は母をじろりと睨《にら》んだ。

母は素知らぬ顔で紅茶を飲んでいる。

なんと、アメリアは王女だったらしい。

前国王が一度も妃を持たぬまま、三十七歳の若さで病死したことは知っている。

薄幸なイメージを抱いていたかの人が、まさか自分の父だったとは……！

幼い頃からあれこれ仕込まれてきたのは、いつか出生の秘密が明らかになる可能性を鑑みてのことだったのか、と長年の疑問が解ける。

母は父について一切語ろうとせず、子どもの頃はそれが不満だった。

大人になってからは、何らかの事情があるのだろうと察し、自分に父はいないと割り切った。母が国王の慰み者だったのであれば、それは言いたくないだろう。

「私は、国王陛下の愛人の子だったというわけですね」

頬《ほお》を強張《こわば》らせたアメリアを見て、母は「いいえ」ときっぱり否定した。

「それは違うわ。リカルドと私は恋人同士だった。妊娠が分かる前から、彼は何度も私に求婚してくれた。それを断って一人であなたを生むと決めたのは、私なのよ」

「やはりそうだったのか。兄は教えてくれなかったが、そうではないかと疑っていた」

母の説明に嚙《か》みついたのは、国王だ。彼は眦《まなじり》を吊《つ》り上げ、語気を荒らげた。

「何故、兄の求婚を断った！　子は成した癖に、どういうつもりだ！」

「どういうつもりもなにも、余命が分かっている人の正式な奥さんになんてなれないわ。元王妃として一生窮屈な王宮で暮らせばよかったというの？　私には無理よ」

「兄はあなたに心底惚《ほ》れていた。最期まで傍にいてやろうとは思わなかったのか」

「傍にはいたでしょう？　あの人を看取《みと》ったのは私よ。妃という肩書がいらなかっただけで、私だって愛してた。リカルドは私の我儘《わがまま》を、笑って許してくれたわ」

言い合う二人の間に漂う気安さは、長年の付き合いに裏打ちされたものだと分かる。

彼らの話から察するに、父は自由を求める母に結婚を拒まれ、結果アメリアは庶子となった、ということらしい。

王女として育ちたかったわけではないから、それはいい。父と母が愛し合った結果自分が生まれたのであれば、文句はない。

文句があるとしたら、そのせいでクラウディア王女の身代わりになって欲しいと頼まれていることだ。

「お二人だけで過去の問題について話したいのであれば、私は席を外しましょうか？」

アメリアがぴしゃりと言うと、彼らはバツが悪そうな顔で口を噤《つぐ》んだ。

静かになった部屋に、クラウディア王女のすすり泣きが響く。

アメリアはずきずきと痛み始めたこめかみを押しながら、従姉妹だという二つ年下の王女に視線を向けた。

「クラウディア王女殿下」

クラウディアはびくりと震えたあと、おずおずとアメリアを見つめる。

改めて観察してみると、目の形や鼻筋、唇などの造作は確かに自分とそっくりだった。

髪型を同じにしてしまえば、双子と言っても通じるかもしれない。

ただ気丈なアメリアと繊細さの塊のようなクラウディアでは、表情や雰囲気が正反対な為《ため》、パッと見ただけで似ていると思う人は少ないだろう。

「殿下ご自身は、本当に私と入れ替わりたいとお望みですか？　入れ替わってしまえば、殿下も私も、もう二度と本来の立場には戻れません。その覚悟はおありですか？」

できる限り優しく尋ねてみる。

「どうかお心のうちをありのままに教えてください。私も正直戸惑っておりますが、殿下のお力になりたい気持ちはありますから」

最後の一押しが効いたのか、クラウディア王女は堰《せき》を切ったようにこれまでの経緯を語り始めた。

物心ついた時から臆病だったこと。王女の器ではないこと。

ただでさえ上がり症で小心者の自分が、外国へ嫁ぐのは到底無理なこと。

それらを懸命に訴える王女の手は、小刻みに震えていた。

「わ、私は、もう王女であることを止めたいのです。アメリア様には、酷なことをお願いしていると分かっています。自分にできないことを人に押し付けるなんて、あまりに身勝手ですもの。で、でも、もう限界なのです」

クラウディア王女は、己の出自が要求するものを満たせず、長年苦しんできたと告白した。どれほど立派な教育を施されようと、持って生まれた性分を根本から変えることはできないのだ、と。

（これは……。相当追い詰められていらっしゃるわね）

従姉妹であることを差し引いても、今のクラウディアには同情せずにいられない。

クラウディアを追い詰めているのは、王女という身分だけではない。

生まれながらに婚約者がいることにも、彼女は苦しんでいる。

彼女の嫁ぎ先は、隣国であるゼーフェラング王国のジスラン王子。

それはアメリアも知っていたが、クラウディアが今は亡き婚約者を忌み嫌っていたことは今日初めて知った。

「外交の架け橋などという大任自体、私には無理なのです。そのうえ相手が、よりによってジスラン様だなんて……。父王を毒殺して王位を継いだという噂は、きっと本当ですわ。人を人とも思わない、ゾッとするような目をしていました。嫁げば私も酷《ひど》い目に遭わされたに違いありません」

それまで黙って聞いていた国王が、我慢できないと言わんばかりに口を挟む。

「私だってジスラン殿の噂は知っていた。だから結婚を急《せ》かしはしなかっただろう？　だが、彼はすでに亡くなった。今のそなたの相手は、ジスラン殿の弟君であるシグリッド国王だ。救国の騎士王と名高い彼ならば、きっとそなたを無下には扱わない」

「……救国の騎士王ですって？　ジスラン様が亡くなったのは、シグリッド様がジスラン様を、殺したからなのでしょう？　何も変わらないわ。嫁ぐ相手が父殺しから、兄殺しに代わっただけじゃない……！」

血の気のない顔でクラウディアは叫んだ。

悲鳴じみた彼女の声に、この場に居た全員が押し黙る。

ひく、ひく、とクラウディアは喉を引きつらせ、そのまま気絶した。

今日はこれ以上の話し合いは無理だと、国王夫妻は気を失ったままの王女を連れて帰って行った。

彼らが乗った馬車を見送ったあと、アメリアは母と共に特別室に戻る。

「――あなたの父親については、いつかきちんと話そうと思っていたの。でも、話してしまえば全てが変わってしまいそうで、今日まで引き延ばしてしまった。ずっと隠していてごめんなさい」

母は真摯な表情で謝ってから、アメリアの隣に腰掛けた。

「打ち明けられなかった気持ちは分かるわ。あまりに大事《おおごと》だもの」

「ええ、そうね。あなたが冷静で、とても助かったわ」

ほっそりと美しい手がアメリアの頭を引き寄せる。

母の温《ぬく》もりを感じているうちに、ざわついていた心が次第に落ち着いてきた。

「この際だから、全部教えて。お父様とは、どんな風に出会ったの？」

「両親が亡くなったあと、私は家を継ぐ為、好きでもない男と結婚しなくてはいけなくなった。それが嫌で家を捨てて逃げ出したの。当時はかなりの醜聞になったわ。行く当てがなくて困っていた私に手を差し伸べてくれたのが、リカルドよ」

「そうだったのね……。私はお父様に会ったことがある？」

「もちろんあるわよ。リカルドは生まれつき病弱で、長くは生きられないと分かっていたみたい。だから初めは、子どもを作るつもりはないと言っていたの。大人になるまで傍にいてあげられない自分は父親失格だから、って」

母はそこまで話すと、懐かしげに瞳を細めた。

「でも私はあの人の生きた証《あかし》がどうしても欲しかった。産まれたばかりのあなたを見て、リカルドは号泣したわ。置いていきたくない、ってわあわあ泣いてた。それからは暇を見つけてはあなたに会いに来て、時間の許す限り一緒にいてくれた。あなたのその髪も瞳も、あの人にそっくりなのよ。リカルドがあなたを抱いているところを見るのが、私はとても好きだったわ」

大切な思い出を歌うように紡ぐその声には深い愛情と紛れもない哀惜が籠っていて、アメリアは胸がいっぱいになった。

「自由な外出を禁じたのは、あなたの出生を知っている誰かがあなたを攫《さら》ってしまうんじゃないかと怖かったからよ」

母の言うように、アメリアに他の平民の子のような自由はなかった。

敷地の外で遊んだことは一度もないし、一人で買い物に行ったこともない。

【サロン・ステラ】が、アメリアの知っている世界の全てだった。

「それだけは可哀想なことをしたと思っているけれど、他に後悔はないわ。私はあなたを全力で愛して、守ってきた。あなたはまっすぐに育ち、優しくて強い美人になった。ねえ、これ以上の幸せがあると思う？」

アメリアは黙って首を振った。溢《あふ》れ出す涙で視界が曇る。

母にこれ以上なく大切にされてきたことは、誰に言われずともよく分かっている。

だが時折、自分が母の足枷《あしかせ》になっているのではないかと不安になることはあった。

アメリアがいるせいで、母はしなくていい苦労をしているのではないか、と。

だが今、そうではなかった、とはっきり分かり、幸せで胸がぎゅっと痛くなる。

アメリアは涙を拭いながら、「お母様は反対しないの？」と尋ねてみた。

「陛下のお話を受けてしまえば、私は二度とここへは戻れないのよ」

「あなたはもう立派な大人だわ。どちらにしろ、そろそろ巣立たせてあげなきゃいけないと思ってた。それにクラウディアはリカルドの姪だもの。見捨てることはできない」

母の返事に、確かにそうだ、と己を省みる。

アメリアは今年二十二歳になった。

世間的に見れば嫁《い》き遅れと呼ばれる年齢に差し掛かっている。

将来の身の振り方を考えないではなかったが、まだしばらくは現状のままでいいか、と先延ばしにしていた。母に甘え切っていた自分に気づき、恥ずかしくなる。

頬を赤くしたアメリアを見て、母はふふ、と微笑んだ。

「どうか勘違いしないでね。あの話を受けろと言っているわけではないの。私が優先するのは、いつだってあなただわ。あなたが嫌だというのなら、どこへだって逃がしてあげる。どこで暮らすことになっても、決して不自由はさせない」

母は国王から先に、身代わりで嫁ぐ話を聞いていたに違いない。

アメリアはそう確信した。今日初めて知ったのであれば、幾ら母でもこんな風にきっぱり答えることはできないはずだ。

全ての決断は自分に委ねられている。

クラウディア王女に扮《ふん》して隣国の王に嫁ぐか、それとも出自を捨てて自由になるか。

「……どちらを選んでも後悔してしまいそうで怖いわ」

クラウディアを見捨てた場合、万が一彼女に何かあったら、きっと何故助けてあげなかったのかと自分を責めずにいられないだろう。

かといって、血塗《ちまみ》れの簒奪《さんだつ》王と陰で囁《ささや》かれているシグリッド王のもとに嫁ぎ、悲惨な目に遭えば、何故あの時承諾したのだろうと己の選択を恨むに違いない。

思い悩むアメリアに、母は悪戯《いたずら》っぽく微笑みかけた。

「あのね。私が陛下の訪問を受け入れたのには、実は理由があるの」

「これ以上、まだ何かあるの？」

流石に顔を顰《しか》めてしまう。

「陛下から話を聞いた私が、ゼーフェラングの現国王について調べなかったと思う？　大切な娘が嫁ぐことになるかもしれない相手なのに？　うちの顧客にはゼーフェラングの高官もいるってこと、忘れないで」

母は得意げに眉を上げてそう言うと、「大丈夫よ、アメリア。きっと『銀貨の君』があなたを守ってくれるわ」と続けた。

『銀貨の君』――思いがけず飛び出してきた懐かしい言葉に、不意を突かれる。

「彼が、あなたの初恋よね？」

母の追い打ちに、頬がかあっと熱くなった。

「あ、あれはそういうんじゃないわ！」

「そうなの？　彼から貰った銀貨を今でも大事にお守りにしているから、てっきりそうなのだとばかり。後にも先にも、あなたが殿方の話をしてくれたのはあの時だけだわ」

「それは、他に話すほどの出会いがなかったからよ」

アメリアは言い返したが、母は何もかも分かっているといわんばかりに瞳を和ませた。

――あれは六年前。

母から店の裏方の管理を任されて間もない頃の話だ。

その晩アメリアは、腹痛で寝込んだ炊事係のかわりに下ごしらえをしておこうと、一階の炊事場で芋を洗っていた。

そこへ突然現れたのが、母の言う『銀貨の君』だ。

古い樽《たる》の上にぎこちなく座り、長い脚を組んで、生真面目な顔でナイフを動かす青年の姿は、今でもありありと思い出せる。

娼館へは来たくて来たわけじゃないと、すぐに分かった。

わざわざ外国から楽しもうとやってきたのは彼の兄で、彼はその兄のお目付け役として派遣されたらしい。朝まで時間を潰さねばならないが行く当てがない、と青年は話した。

心底困った様子の彼を放ってはおけず、芋剥《む》きの手伝いをすることを条件に、長椅子をベッド代わりに貸してあげた。

言葉にすればたったそれだけのことなのだが、彼と過ごした時間はとても楽しかった。

外の世界が知りたくてうずうずしていた当時のアメリアにとって、青年の話はみな興味深く、興奮せずにはいられなかったのだ。

『いつか私も行ってみたい』——昂《たかぶ》る感情のまま零《こぼ》した本音を、彼は笑わなかった。

別れ際、青年はゼーフェラングの銀貨をアメリアに握らせ、夢が叶《かな》うよう願ってくれた。

あの時感じた胸の高鳴りを、絡んだ視線に覚えた切なさを、初恋と呼ぶのなら間違ってはいない。

彼に貰った銀貨はペンダントに加工し、毎日胸にかけている。

たった一晩の話だが、大切な記憶には違いなかった。

母の指摘にムキになったのは、アメリアが今でも彼を忘れていないからだ。

「――あの人と今回の話と何の関係があるの？　ゼーフェラングに行けば、会えるかもしれないってこと？」

回想から立ち返り、そんな都合の良い話があるものか、と言外に含ませる。

「かもしれない、じゃなくて会えるのよ」

母は嬉《うれ》しそうに断言した。

「だってゼーフェラングのシグリッド陛下が、『銀貨の君』なのだもの」

アメリアは大きく目を見開き、その場でしばらく固まった。


それからも、ジョルジュは何度も【サロン・ステラ】にやって来た。

国王という立場を盾に強要することもできるだろうに、決してそうはせず、あくまで叔父として娘を助けて欲しい、と懇願してきた。王妃と王女も必ず同伴し、彼と共に頭を下げてくる。

五度目の面談で、ついにアメリアは陥落した。

血の繋《つな》がった従姉妹を見捨てることはできないと、腹を括《くく》ったのだ。

ゼーフェラングの現国王が、思い出の青年だと知ったことも大きい。

実の兄を殺して王座を奪った冷血な男だと噂する者もいるが、アメリアの記憶にある彼と、己の欲の為に前王を殺した簒奪者が一致しない。

確かに六年という歳月は人を変えるには充分な長さだ。アメリアの夢を共に願ってくれた『銀貨の君』は、非情な殺戮者《さつりく》へと変貌してしまったのかもしれない。

本当のところを、自分の目で確かめたい。

アメリアを最終的に動かしたのは、いうなれば好奇心、もしくは探求心だった。

心がそこまで定まっても、クラウディアと入れ替わることには強い抵抗を覚えた。

アメリアは自分の生まれと育ちに誇りを持っている。それを捨て、更には多くの人を騙《だま》せと言われているのだ。簡単に受け入れられることではない。

「殿下と入れ替わるのではなく、私が代わりに嫁ぐのでは駄目なのでしょうか?」

アメリアは思い切ってジョルジュに尋ねてみた。

自分が本当に前国王の娘であるなら、その方法も取れるのではないかと考えたのだ。

ジョルジュは辛そうに眉根を寄せ、小さく首を振った。

「叶うことなら、そうしたかった。だがすでに結婚式の日取りは決まっていて、今更『実は他にも王女がいるので、そちらの王女を嫁がせます』とは言えない状況なのだ。このタイミングで兄に庶子がいたと発表すれば、クラウディアを嫁がせない為の捏造《ねつぞう》だと思われる可能性が高い。本物だと信じてもらえたとしても、クラウディアの方がいいと言われてしまえば、それまでだ。ゼーフェラングは国王が立て続けに交代したことで混乱し、殺気だっている。下手に刺激したくない」

言われてみれば、その通りだ。

同じ王女とはいえ、アメリアとクラウディアには生まれにも育ちにも大きな差がある。ゼーフェラング側にしても王妃に戴《いただ》くのなら、前国王の庶子に過ぎない娘より、現国王夫妻の娘の方がいいに決まっている。

アメリアは思い切るように一つ息を吐き、まっすぐジョルジュ国王を見つめた。

「分かりました。クラウディア殿下としてゼーフェラングに嫁ぎます」

王妃と王女は小さく息を呑《の》み、潤んだ瞳で見つめてきた。

「……本当にすまない」

やがて聞こえたジョルジュの声は、低く掠《かす》れていた。

本当は彼も、兄の遺児から名を奪いたいとは思っていないのだ。

それがよく分かる態度に、アメリアの心は大いに慰められた。

クラウディアと入れ替わることが決まったその日のうちに、アメリアは王宮へと移ることになった。

母に別れを告げ、国王夫妻と共に馬車に乗り込んだ時は、寂しさと心細さに襲われたが、すぐに感傷に浸る暇はなくなった。

なんといっても、シグリッド国王との結婚式まで三ヶ月を切っているのだ。とにかく時間がない。

王女が使っていた宮殿で真っ先に引き合わされたのは、王女の筆頭侍女を務めているデイジー・ベルロッタ子爵令嬢だ。クラウディアの乳兄弟でもあるというデイジーは、アメリアと二人きりになった途端、泣き出さんばかりの顔で深々と頭を下げた。

「本当にありがとうございます！　これで姫様は生き延びることができます！」

生き延びるとは大仰な言葉だが、きっと本音なのだろう。

デイジーの声には心からの感謝が滲《にじ》んでいた。

「王妃様から言付けを受け取りましたが、姫様はようやく生きる希望が湧いてきたと仰《おっしゃ》っておられたとか。掃除でも洗濯でも何だって覚えると、それはもう張り切っていらっしゃったそうですね」

それは確かにそうだ。

クラウディアの頬には血色が戻っていたし、瞳もかつてないほど輝いていた。

それだけ王女の立場が重荷だったということだろう。

デイジーは「恐れながら」と切り出した。

「姫様よりも、殿下の方が大変なのではないかと……。ただでさえ輿入《こしい》れの日までやることは山積みですのに、覚えて頂かなければならないことが沢山あります」

殿下というのが誰を指すのか、アメリアは遅れて気づいた。

「今は私が王女殿下ですものね」

「今は、というより元からですよね？　アメリア様は、前王陛下の忘れ形見であらせられるとお伺いしております。このことは私だけでなく、王太子殿下や側近の方たちもご存じですので、のちほど挨拶に参りましょう」

どうやらアメリアの出自は、王族関係者には明らかにされているらしい。

「両陛下から、貴女《あなた》様を全力でお助けし、お守りするよう言われております。指南の際に、色々と厳しいことを申し上げることもあるでしょう。どうかお許しください」

デイジーの瞳は使命感に燃えている。

アメリアは二十二年もの間、平民として生きてきた。

普通に考えて、たった三ヶ月で一国の王女に成り切れるわけがない。だが、そこを押して成さねばならないのだ。生半可な気持ちでは無理だとデイジーは言っている。

「ええ、もちろん。やるからには全力を尽くします」

アメリアも腹を括って決然と答えた。

デイジーは宣言通り、一切の妥協を許さない指導を行った。

クラウディア王女は人前に滅多《めった》に出なかった為、彼女の仕草や癖を真似《まね》る必要はないことが、厳しい特訓の中での唯一の救いだ。

歩き方はもちろん、立ち方を正すだけでも一苦労だった。両脚で立ってさえいれば、それが起立の姿勢だと思っていたが、まるで違った。

すでに出来上がっているウェディングドレスを始めとする嫁入り衣装のサイズを調整する作業も、予想以上に大変だった。微妙なサイズの違いが、完璧に計算されたシルエットを不格好に崩してしまうとは思わなかったのだ。

最も苦労したのは、ゼーフェラングの要人について学び、覚えることだった。

初めて耳にする役職名と人物名、そして彼らとクラウディアの接点――これまで会ったことがあるか、手紙を交わしたことがあるか、あるのならその内容はどんなものだったか、について事細かに暗記していく。

自分以外の誰かに成り切るというのは、その誰かの歩んできた人生をなぞり、複製することなのだと、そしてそれは簡単なことではないのだと、実感せずにいられない。

デイジーが覚えていないことは、【サロン・ステラ】にいるクラウディア本人に問い合わせた。

クラウディアはその都度すぐに丁寧かつ詳細な返事を寄越《よこ》してくれたし、文末には必ず『国がどうとか知ったことではありません。お姉様の命が最優先です。危険だと思ったらすぐに助けを求めてください。死んでもお迎えに参ります』と記してきた。

『国がどうとか』の下りには思わず笑ってしまった。

王女としての自覚には欠ける発言かもしれないが、アメリアの無事を祈ってくれる気持ちが嬉しい。『お姉様』という文字にくすぐったさを覚えつつも、死んでしまえば迎えに来られないのではないか？　と思ったのはここだけの話だ。

あっという間に二カ月半が過ぎ、ようやくクラウディアと呼ばれることに違和感を抱かなくなってきた頃、アメリアはついにゼーフェラングに向かって出立することになった。


出立当日の朝早く、すでに起きて支度を済ませたアメリアのもとに母がやってきた。

貴婦人然とした宮廷風のドレスを纏《まと》った母の姿に目を丸くする。

コルセットを締めなければ着られないこの手のドレスが、母は大嫌いだった。

アメリアに会う為だけに正装してきたのだと分かり、目頭が熱くなる。

デイジーは母を部屋に通すと、そっと扉を閉じて出て行った。

「今日は王女殿下にお別れを申し上げに参りました」

母は丁寧な口調で切り出した。

どんな高貴な身分の客にも、それこそ国王が相手でも対等な話し方を崩さなかった母が使った敬語に、早くも涙が零れそうになる。

「どうかお元気で。これからの殿下の人生が幸せであることを、心から祈っています」

母の瞳にも大粒の涙が浮かんでいた。

それでも彼女は最後までその涙を零さず、深く膝を折った。

見惚《みと》れるほど美しいお辞儀に、母の育ちを垣間見る。

これが今生の別れなのだと、アメリアは悟った。

一度決めたからには最後までやり通せ――母のピンと伸びた背筋は、凛《りん》とした声は、言外にそう告げている。

彼女と過ごした愛《いと》おしい日々の思い出が一気に胸に溢れ出し、気づけば滂沱《ぼうだ》の涙がアメリアの頬を濡《ぬ》らしていた。

どれほど別れを惜しもうとも、決して涙を零さない母のようにはなれなかった。

でもきっといつか、なってみせる。

(自分で選んだ道を迷いなく突き進んだお母様のように、私も生きてみせるわ)

「……今まで本当にありがとう。どうかあなたも、息災で」

教わった通りに軽く膝を折って優雅な王女の礼を披露すれば、母は誇らしげに微笑んだ。

第二章 『血塗れの簒奪王』もしくは『救国の騎士王』

アメリアがクラウディアとしてブレスコットを出立した日より、一年と半年を遡る。

場所はゼーフェラング王国の王城内。玉座の間と呼ばれる一室で、シグリッドは兄を見上げた。

玉座に座った兄──ジスランに動揺の色はない。

彼が重用してきた大臣が次々と絨緞《じゅうたん》の上に倒れ込み、物言わぬ屍《しかばね》となっていく様をその目で見た直後だというのに、まるで退屈な劇でも見せられたかのような顔をしている。

「……それで？　最後に私をその剣で刺して終わりというわけか？」

ジスランは嘲りを含んだ声で問い、乾いた笑い声を上げた。

「お前は私を、国王殺しと呼んで非難しなかったか？　実の父に毒を盛って殺すなど畜生にも劣る所業だと、善人面で糾弾《きゅうだん》しなかったか？」

ああ、そうだ。シグリッドは頷き、玉座への階段を一歩ずつ上り始めた。

共に玉座の間へと踏み込んだ側近たちはその場に留《とど》まり、主の背中を見送る。

ジスランは立ち上がり、大仰な仕草で両手を広げた。

「では、お前は何だ。救国の英雄か？　いいや、違う。そんな良いものじゃない。お前は、実の兄である現国王をその手で殺し、己の本懐を遂げようとする卑しい簒奪者だ」

「違いない」

今度は口に出して肯定する。

ジスランは口元に佩《は》いていた卑しい笑みを消し、真顔になった。

何を言っても兄の心には届かないと、今のシグリッドは知っている。

それでも最後くらいは本心を伝えておこうと言葉を続けた。

「俺は救国の英雄なんかじゃない。だが、好きで簒奪者になるわけでもない。国を救いたいなどという高尚な気持ちはこれまで持ったことがないし、この国が欲しいと思ったこともないからだ」

父から王位を継ぐ気はないかと尋ねられたことは何度もある。

だがその度にシグリッドは首を横に振った。ジスランはどうしようもない暴虐な男だが、建国代々続いてきた長子相続を蔑《ないがし》ろにするべきではないと思ったのだ。

「はっ、まだそんな腑《ふ》抜《ぬ》けたことを抜かすか、この偽善者が」

ジスランは眦を吊り上げ、吐き捨てた。

「お前はいつもそうだ。何も欲しくないという顔をして、全てを奪っていく。欲しいと思ったことがない？　では何故ここにいる。そこの腰巾着どもに何とかしろと泣いて縋《すが》られたからか？　それで結局はこの国の王になるのだから、さぞ気分がよかろうな？」

憎々しげにこちらを睨みつけ、唇を歪《ゆが》める男の腰に目を遣《や》り、シグリッドは促した。

「これ以上の問答は意味がない。剣を抜け、兄上。それほどまでに気に入らない弟に引導を渡す最後の機会だぞ」

ジスランが剣の稽古を放棄したのは、今から十年以上前の話だ。

あとから剣を習い始めたシグリッドに一本取られて以来、彼は剣を握っていない。

対等に戦えるわけがないことは知っていた。それでも、あえて口にした。

互いの剣をもって決着をつけることができたなら、腹の底で煮《に》え滾《たぎ》る怒りとも悲しみともつかない何かに、これ以上身を焦がされることはない気がしたのだ。

「そういうところが！　お前のそういうところが、昔から大嫌いだ！　お前さえ……お前さえ、いなければ……ッ。俺は手を汚さずとも、王になれたんだ！」

ひび割れた声が大広間に響く。

幼子の癇癪《かんしゃく》を思わせる台詞《せりふ》で父王殺しを認めたジスランに、シグリッドの背後で一部始終を見守っていた側近たちが低く毒づいた。

ジスランが手負いの獣じみた咆哮《ほうこう》を上げ、剣を抜く。白くふっくらとした手は長剣の重さに耐えきれず小刻みに震えていた。

自分とよく似た灰褐色の瞳に籠った殺意を正面から受け止める。

シグリッドは己に向かって振り下ろされた煌《きら》めく刃を手にした剣で跳ね上げ、大きく一歩踏み込んだ。鈍く粘つく肉の感触が手の平全体に伝わる。

ジスランはゴボリと濁った音を立て、シグリッドの左肩に頭《こうべ》を落とした。

「……はは。どんな大義名分を掲げたところで、所詮、お前も俺と同じけだものだ」

耳元で囁かれた兄の最期の台詞に、シグリッドは「知っている」と低く答えた。

◆◆◆

多くの国々がひしめくこの世界には、三つの大陸と五つの海がある。

シグリッドが新たな王として治めることになったゼーフェラング王国は、大陸の中で最も大きい中央大陸の西沿岸に位置している。

ゼーフェラングは建国五百年の歴史を持つ由緒ある国であり、大河が潤す肥沃な土地を有した豊かな国であり、そして精強な騎士団を各地に抱える武力に秀でた国でもあった。

シグリッドの祖父の代までは、周辺諸国との小競り合いこそあれ国内が乱れたことは一度もなかったというが、それも昔の話だ。

二代に渡って国王が在位中に命を落とすという異常事態が起きた為、国内は大いに揺れた。

シグリッドが戴冠式を終え、正式に王座に就《つ》いた今も、北部を所領とする諸侯達はシグリッドを国王として認めず、王城への招集に応じようとしない。

その北部諸侯も、決して一枚岩とは言えない。彼らが蜂起しないのは、旗印になり得る王家の血筋を引く者がシグリットの他にいないせいもあるが、それぞれの思惑を抱く彼らを纏《まと》め上げる指導者がいないからだ。

だがこの膠着《こうちゃく》状態も、いつまで続くか分からない。

「――陛下の戴冠式から半年が過ぎたというのに、いまだ登城を果たしていない諸侯をこれ以上捨て置くべきではありません。招集期限を設け、期日までに相応の返事がない場合、もはや陛下への恭順はないとみなし、すみやかに征伐することを進言致します」

「それはいささか早計に過ぎないか。前王の喪に服している為、領地を出られないと言っている者は何とする。登城を拒む諸侯の中には、王太后様の実家も含まれているのだぞ。貴殿は陛下に、祖父母を討てと申すか」

「私は征伐に賛成だ。ジスラン様を討った今、血族だからといって怯《ひる》む理由はない」

「お待ちください。ここで北部に禍根を残すのは得策ではありません。復讐《ふくしゅう》を完全に避けようとするのなら、一族郎党、それこそ領民に至るまで皆殺しにしなければならなくなる。そしてそれはあまりに罪深い行為です」

助言役の一人として会議に参加している大司教の言葉に、早急な征伐を主張していた軍務卿が考え込む。

「いやだが――」

円卓に着いた重臣たちが熱く議論を交わす様を、シグリットは黙って見守った。

意見が出揃《でそろ》うのを待って、ようやく口を開く。

「皆の言いたいことは分かった。俺も北部の蜂起は何があっても避けたい。戦が起こって一番割を食うのは力なき領民だ。民を守る為に王家や諸侯があるのだと、俺は父に教えられた。お前たちもそうだろう」

シグリッドの発言に、会議場にいる全員が頷く。

「俺が王になってもう半年だというが、まだ半年だ。兄上の喪が明けていないのも事実。今後もこちらの意向を伝え、理解を求める努力は惜しまない。皆も、北部に縁がある者は個別に説得を続けて欲しい」

「……彼らがどうあっても説得に応じない場合は、どうなさいます？」

招集期限を設けるべきだと主張していた軍務卿の問いに、シグリッドはきっぱり答えた。

「近衛隊を率いて俺が出る。王国軍を動かすまでもない。兵士の数が多ければ多いほど、彼らを賄う為の負担を道中の村にかけることになる」

それを聞いた重臣たちは渋い顔になった。

武に秀でたシグリッドを警護する近衛騎士の集団は、ゼーフェラング王国の中でも極めて精強な兵《つわもの》揃いだ。

近衛隊長を務めるデニス・リーンハルト伯爵は、シグリットの幼馴染《おさななじみ》でもある。

いざとなれば、鬼神と恐れられるデニスと屈強な騎士集団を連れて北部諸侯の居城に乗り込み、直々に討つ。可能だと確信しているからこその決断だが、国王が危険に晒《さら》されることに違いはない。

「貴殿に異論はないのか、リーンハルト伯」

宰相の声色には『異論があって欲しい』という願望が滲んでいる。

一度こうと決めたシグリッドを翻意させることができるのは彼だけ、というのが、ここに居並ぶ者達の共通認識だった。

「国王直々に出るなんて、俺も無茶だとは思ってるんですけどね。まあでも、一番犠牲が少ない方法じゃないでしょうか」

「本当に貴殿は分かっているのか。その少ない犠牲に陛下が含まれるようなことがあれば、取り返しがつかないのだぞ」

宮内卿が堪えきれないように口を挟む。

デニスは組んでいた腕をおもむろに解き、目を細めた。

この俺が、むざむざ陛下を死なせるとでも？　——言葉にならない圧力でデニスの周囲の温度が一気に下がる。宮内卿は蛇に睨まれた蛙《かえる》よろしく身を強張らせた。

「リーンハルト」

シグリッドが制するように腹心の名を呼ぶ。

デニスはにこ、と食えない笑みを浮かべ、肩を竦《すく》めた。

「分かってますよ。正攻法が通じない相手には、別策を講じておきます」

飄々《ひょうひょう》と答えるデニスに先ほどまでの威圧感はない。

宰相は複雑な表情を浮かべ「分かっているのならばいい。その時は頼んだぞ」と告げるしかなかった。

愚直なまでにまっすぐなシグリッドが、ジスランに命を狙われながらもここまで無事でいられたのは、デニスの暗躍によるものだ。

主であるシグリッドを生かす為、デニスは手段を選ばなかった。具体的な手段については知る者がいないところもまた、デニスが恐れられる所以《ゆえん》だ。それはつまり、知った者は生きていないことを意味する。

「他に議題がないのなら、今日は終わりにしよう」

シグリッドが手元の資料を揃《そろ》えながら切り出すと、外務卿が軽く手を挙げた。

「私から一点よろしいでしょうか」

対外的に問題はないはずだが、何か想定外なことが起きたのだろうか。

その場にいた全員に緊張の色が走る。

シグリッドが王位継承した経緯について、自国民と他国へは箝口令《かんこうれい》が敷かれている。

血に塗れた経緯を経て国王が交代した事実を公《おおやけ》にするのは、王家の愚かさを喧伝《けんでん》するようなものだからだ。

ジスランが王になった時も同じだった。対外的には前々王は病死したことになっているし、前王は己の悪政を悔いて自死したことになっている。

ジスランが王位に就いていたのは、僅か五年。

だがその五年で多くの民が餓死し、廃村となった集落は百をくだらない。

領民を守ろうとジスランに進言した心ある領主は例外なく斬首され、王都の門に首を並べる羽目になった。

シグリッド派の諸侯が密《ひそ》かに動いてジスランを言葉巧みに煽《おだ》て、定期的に国庫を開けさせなければ、ゼーフェラング王国は取り返しがつかないほど損なわれていただろう。

もっと早く自分が立てば、国民の被害は少なく済んだ。

そんな自責の念は、常にシグリッドの心の奥にある。

だがどれほど悪辣でも、父殺しの咎人《とがにん》であっても、ジスランはたった一人の兄だった。

いつか正道に立ち戻ってくれるのではないか。そうならないとしても、もっと平和的に兄を退位させる道があるのではないかという希望を捨て切ることができず、シグリッドは五年もの間、民を地獄に晒し続けたのだ。

腹の底からせり上がってくる苦々しい後悔を抑え込み、シグリッドは外務卿に冷静な視線を向けた。

「聞こう」

「はい。ブレスコット王国との協定についてです。国内情勢がまだまだ落ち着かない中で、このような話をするのはどうかと思うのですが、これ以上先送りにできる状況でもないもので……」

「ブレスコット王国？」

ゼーフェラングの南に位置する国の名に、シグリッドは目を瞬かせた。

隣国であるブレスコットとは、大河を挟んで相対する地形のせいもあり、隔てた交流を保っている。ゼーフェラングの難民がブレスコットに流出したという話も聞いていない。

「ああ、例のあれか！」

古株の重臣たちは、合点がいったというように顔を見合わせた。

「確かジスラン様が即位した時にも、確認があったのではなかったか」

「あったが、あの話には向こうも乗り気ではなかったからな」

彼らの話を聞いているうちに、シグリッドも次第に思い出してくる。

そういえばジスランは、ブレスコットのクラウディア王女と婚約していた。

だが、具体的な話はまるで聞かなかった為、とうに消えた話なのだろうと思っていた。

外務卿は事情を知らない者にも分かるよう、そもそもの経緯を話し始める。

「ブレスコット王国の先代国王と先々代の国王陛下が、セスカ河の運用にまつわる協定を結んだ際、同時に交わした約定が『両国を結ぶ婚姻』なのです。双方の国王の血判付きで正式な書類も作られておりますし、そう簡単に反故《ほご》にすることはできますまい」

「それがつまり、兄上とクラウディア王女の婚姻だったと？」

シグリッドの確認に、外務卿が頷く。

「ええ、そうです。約定を交わす前は運河の利権を巡っての小競り合いが多く、その都度双方の川沿いの街に少なくない被害が出たとか。それを憂いた両陛下が、互いの子を娶《めあわ》せることを条件に現在の協定を結ばれたのです」

話の結末が見え、シグリッドは眉根に皺《しわ》を寄せた。

国王となった以上、結婚問題を避けて通ることはできないと覚悟していたが、こんなに早いとは思ってもみなかった。

現在、シグリットは二十六歳。そろそろ妃を、と急かされる年になっている。

だが過去に例を探せば、もっと遅くに結婚した王もいる。しばらくは国内の復旧に専念したい等の理由をつければ、あと数年は有耶無耶《うやむや》にできると思っていた。

「約定の締結後、ブレスコットのリカルド国王は未婚のまま病で逝去され、弟君であるジヨルジュ殿下が王位を継ぎました。ジョルジュ国王には王太子と王女がいます。クラウディア王女は、御年二十歳。お生まれになった瞬間から、ジスラン様の婚約者という立場に在られる方です。ですがジスラン様は結婚を先延ばしにしたまま、逝去された。現在のクラウディア王女のお相手は必然、陛下ということになります」

「……兄上の時は乗り気ではなかったという話だが、今はどうなんだ」

外務卿は苦笑を浮かべ、ゆるく首を振った。

「乗り気でないことに変わりはないでしょう。箝口令を敷いているとはいえ、民の中には真実に近い噂が流れております。ブレスコットにも、ある程度の事情は伝わっているのではないかと」

「新たに王位に就いたのは、血塗れの簒奪王だという話か？」

己が陰でどう呼ばれているか知らないシグリッドではない。

軽口を叩《たた》いたつもりだったが、居並ぶ重臣たちは笑うどころか顔を顰めた。

「救国の騎士王と讃《たた》える者の方が多いことを、どうかお忘れなく」

憤然と言った宰相に「そうだな」と頷き、話を元に戻す。

外務卿は困ったように眉尻を下げ、説明を再開した。

「ブレスコット側は、陛下との婚姻に乗り気ではないものの、解消も望んでいないといったところです。婚約を破棄することになれば、莫大《ばくだい》な違約金を払わなければなりませんから。ですが、それはこちらも同じことです」

違約金を払って結婚の話を白紙に戻し、セスカ河に関しての新たな協定を結ぶことも考えたが、そうするにはクラウディアはあまりにも待たされている。

ゼーフェラングに嫁ぐと生まれながらに定められた王女を、二十年も経《た》った今になって放り出すのは、国王である以前に一人の男として憚《はばか》られた。

もちろん空になりかけている国庫の件もある。己の欲望を満たす為、湯水のように国の金を使ったジスランのせいで、ゼーフェラングの財政は大きく傾いているのだ。

「話は分かった。こちらからの解消はしない。前向きに交渉を進めてくれ。式は半年後でどうだろう」

即位一年の記念式と同時に婚姻を発表すれば、暗い話続きだった国内に明るい風を吹き込むことができる。

「分かりました。ではそのように」

外務卿は安堵《あんど》した顔で恭《うやうや》しく頭を下げた。

会議場を出たところで、シグリッドは一人の男に捕まった。

「――陛下……！　ああ、ようやくお会いできました！」

洒落た身なりをした五十過ぎの男が、柔和な笑みを顔いっぱいに浮かべて近づいてくる。

だがその目は少しも笑っておらず、狡猾《こうかつ》な光を宿してシグリッドを見つめていた。

彼の名は、ゴーチェ＝デュフォール。

ジスランが倒れるまで、宮内卿を務めていた男だ。

父が易々《やすやす》と毒殺されたのは、ゴーチェがジスランに協力したからではないかと疑っているのだが、確たる証拠は摑《つか》めていない。

ジスラン派の筆頭にいたゴーチェが今なお艶々とした顔でここに立っている理由は、彼の立ち回りの上手《うま》さにある。彼はジスランの形勢が不利とみるや、あっさりとシグリッド陣営に寝返ったのだ。

ジスランを粛清したあの日、玉座の間に王と側近だけを集め、近衛兵を近づけさせないよう取り計らったのも、ゴーチェだ。

最小限の犠牲で国王交代が成ったのは、ある意味彼のお陰だと言える。

だがシグリッドは、ゴーチェ・デュフォールが嫌いだった。

もちろん信用もしていない。信の置けない人間を重用することはできず、宮内卿の任を解き、ゴーチェを宮廷から遠ざけた。本当は伯爵位と領地も取り上げたかったが、そこまでするとなると誰もが納得する理由がいる。

先々王毒殺に一枚嚙んでいたのではないか、という疑惑だけでは足りないのだ。

「デュフォール伯。どうしてここへ？」

静かに問うシグリッドの傍らに、さりげなくデニスが並ぶ。

デニスはいつでも剣を抜けるよう、剣帯に手を置いていた。

シグリッドのあとに続いて会議場を出てきた重臣たちは、胡乱《うろん》な者を見る目つきでゴーチェを一瞥《いちべつ》し、それぞれの持ち場へ戻っていく。

周囲の視線には気づいているだろうに、ゴーチェは顔色一つ変えず、ひたすらシグリッドを縋るように見つめた。

「どうして、とはあんまりな仰りようですな。なかなかお目通りさせてもらえないので、痺《しび》れを切らしてこちらで待たせて頂きました」

「火急の話があるのなら時間を取るが、宮内卿へ戻す話なら俺の決定は変わらない」

「そんな……！」

ゴーチェ・デュフォールは芝居がかった調子で悲嘆の声を上げた。

「私は陛下に忠誠を誓っております。誓っていなければ、どうしてあのような真似ができるでしょう。正義が陛下にあると信じたからこそ、私は危険を冒して動いたのです」

「分かっている。感謝もしている」

「では、何故私を宮廷から追い出すような真似をなさるのです！」

「お前が先王の暴虐を止められなかったのも事実だ。兄上が作った後宮で、一体何人の女が死んだ？　後宮は伯の管理下にあった。お前なら、哀れな女たちを救うこともできたはずだ」

　シグリッドの糾弾に、ゴーチェは目に見えてたじろいだ。

　まさかそこまで把握されているとは思っていなかったのだろう。

「な、亡くなったのは全員、下働きの娘です。身分ある側室様方は皆、ジスラン様の寵愛を喜んでおりました」

「平民の娘なら、いたぶり殺していいとでも？　側室たちは喜んでいた、か……。本気でそう言っているのなら、お前はあれを見たことがないのだな」

　シグリッドの脳裏を、忘れたくても忘れられない過去の悪夢が過ぎる。

　知らずと眉根が寄り、拳には力が入った。

「――陛下。そろそろ参りませんと、次の予定が」

　シグリッドの変化に気づいたデニスが、隣から助け舟を出す。

「分かった」

　軽く息を吐いて暗く沈みそうになった気持ちを立て直し、シグリッドはゴーチェをまっすぐ見据えた。彼の細い目はおどおどと瞬きを繰り返したが、瞳は憤怒をたたえ油断なくこちらを見つめ返している。

「デュフォール伯。何度も言うが、お前を宮内卿に戻すことはない。デュフォール家を再び重用して欲しければ、後継をしっかり育てろ。一方的に踏みにじられる弱者を平然と見過ごせるような人間は、少なくとも俺には不要だ」

きっぱりと言い渡し、歩き出す。

隣を通り過ぎる際、ちらりと見えたゴーチェの横顔は屈辱に歪んでいた。

しばらく歩いたところで、デニスがくつくつと笑い出す。

「——なんだ？」

「いや、スッキリしたなと思って」

シグリッドが尋ねると、彼は爽やかな口調で言い放った。

人前では敬語を使うデニスだが、二人きりの時は昔と変わらぬ態度を取ってくる。そしてそれを、シグリッドが咎《とが》めたことはない。

二つ年上の彼は、幼い頃から実の兄よりも兄らしい存在だ。

王となった今、こうして気さくに話してくれる者は、デニス以外にいない。

周囲に敬われ、傅《かしず》かれるということは、すなわち隔てられるということ。

国の頂点に立ったシグリッドは、気楽な次男坊でいた頃には感じたことのない圧倒的な孤独を覚えることが多くなっていた。

「……ああまで言う必要はなかったな。ついカッとなってしまったが、大司教殿が言われたように、必要以上に恨みを買う言動は慎《つつし》まねばならなかった」

臣下に向かって吐露すべきではない弱音が、つい口から零れる。

デニスは明るく笑って、シグリッドの背中を軽く叩いた。

「まあ、それはそうだけど、でもあいつは別だろ。許可が貰えるのなら、俺がこっそり始末してきたいくらいだ」

「デニス！」

「冗談だよ、冗談。あいつの話は置いといて、クラウディア王女を娶《めと》るって本気か？」

「ああ、それしかないだろう」

「状況的にはな……。お隣さんだってのに、行ったのは一度だけだな。覚えてるか？　クラウディア王女の成人を祝う誕生パーティに呼ばれて行ったこと」

「覚えてるとも。父上と共に外遊に出たのは、あれが最後だからな」

十四歳の誕生日を迎えた未来のゼーフェラング王妃を祝う為、父が二人の王子を連れてブレスコットの王都へと出向いたのは、六年前の話だ。

クラウディア王女がどんな人物だったか、シグリッドはよく覚えていない。

線が細く臆病そうな少女だったような気もするが、あくまでそんな気がするだけだ。王女のみならず、その場で紹介された誰のことも記憶には残っていなかった。

挨拶回りをしたあとは目立たない場所に避難し、お開きになるまで大人しくしていたことは覚えている。着飾った人々が華やかにさざめくパーティは剣の稽古に明け暮れていた当時のシグリッドには眩《まぶ》し過ぎて、別世界のように感じられたのだ。

　王女は極度に緊張したのか終始震えていたらしく、あとからジスランは『解体前の小鹿かよ。あれじゃ勃《た》つものも勃たない』と言って嗤《わら》っていた。

「王女様のこと、どれくらい覚えてる？」

　デニスに問われ、シグリッドは正直に答えた。

「正直、顔は全く覚えてない。別人がきても気づかないかもしれない」

「だろうなぁ。あの頃は特に、剣以外興味なし！　って顔してたもんな」

　デニスはけらけら笑うと、記憶を探るように唸《うな》りながら顎を擦る。

「色が抜けるように白くて、細っこくて、これぞ深窓のお姫様って感じだったな。そうは言ってもあれから六年も経つんだし、かなり変わってるとは思うけど」

「ああ。俺たちもあの頃に比べたら、随分老けたしな」

「老けたって言うなよ！　まだお互い二十代なんだぞ。お前はあんまり変わってないけど、俺は苦み走ったいい男になっただろう？」

　親指と人差し指で顎を挟み、決め顔を披露してくる幼馴染に、思わず吹いてしまう。

「そこまで笑うか？　さすがの俺も傷つくぞ」

「いや、悪い……そうだな。苦み……苦み？」

「真顔で考え込むなって！」

　デニスは突っ込むと、はあ、と一つ息を吐き、空を見上げた。

「政略結婚が悪いとは言わないけどさ。俺としてはお前にも、お前自身が望む相手と結婚して欲しかったよ」

子どもの頃から何かと苦労してきたんだからさ、と付け加えたデニスは、二年前に妻を娶っている。

王立学校の同級生だったというユーリア・リーンハルト伯爵夫人は、意志の強そうな瞳が印象的な女性だ。小貴族の娘だが、彼女の兄や叔父は王国軍に所属する軍人で、周囲に武人が多い家族環境で育っている。

貴族らしからぬ自由な気質のデニスとは初対面から気が合い、恋仲になるのもあっという間だったらしい。伯爵夫妻が並んで笑い合う様は本当に幸せそうで、シグリッドはそんな彼らを眺めるのが好きだった。

シグリッドの両親は政略結婚で、二人の間に男女の情愛めいたものはなかったから、余計にそう思うのかもしれない。

両親はシグリッドが生まれたあと、これで義務は果たしたとばかりに別居生活に入った。ジスランは父のもとで、そしてシグリッドは母のもとで育つことになり、兄弟が共に王城で暮らすようになったのは、シグリッドが十四歳で王に仕えるようになってからだ。

家族全員で仲良く過ごした思い出は一つもない。だからこそ、仲の良い夫婦には人一倍憧れがあった。

だが、今更自分が誰かとそんな関係を築けるとは思えない。

ジスランが言い残したように、シグリッドもまた『けだもの』なのだ。

目的の為ならば、血を分けた兄も平気で殺す。

そんな獣を愛する女がいるとは思えない。

「皆がお前のように幸運じゃないってことだ」

仕返しとばかりに広い背中を叩いて、嘯《うそぶ》く。

デニスは「王様ってのはほんと窮屈で嫌だねえ」とぼやき、まるで自分が意に染まぬ結婚を迫られているかのように憂鬱な表情で嘆息した。

第三章　身代わり王女と血塗れ王の婚姻

結婚式を五日後に控えたその日、アメリアはゼーフェラングの王城前に降り立った。

式で花嫁を新郎に引き渡す役目を担う王太子は式の前日にやってくる手筈《てはず》になっている為、今ここで立派な城を見上げているのは、アメリアとデイジーの二人だけだ。

国境まで花嫁行列を護衛してきたブレスコットの騎士団は、ゼーフェラングに入ったところでこちらの兵士と全て入れ替わっていた。

味方と呼べるのはデイジーただ一人、というこの状況。本物のクラウディアなら耐えきれず気を失っていただろう。

王城前でクラウディア王女の到着を待っていた一行の中に国王の姿はない。

正直なところ、ホッとしてしまった。叶うことなら、もう少し落ち着いた後で対面したかったのだ。

「大変申し訳ありません。ただいま陛下は、北部の視察に出ておりまして。ですが式には必ずお戻りになられますので、どうかご安心ください」

ゼーフェラングの宰相を務めていると名乗った男が進み出てきて、説明する。

アメリアは「分かりました。今日からどうぞよろしくお願いします」と無難に答えた。

何もおかしなことは言っていないはずだが、宰相は目を丸くした。

何ですか？　と率直に尋ねたい気持ちを堪え、小首を傾《かし》げるに留める。

「良かった、すっかりお元気になられたのですね」

宰相は柔和な顔に温かな笑みを浮かべ、嬉しそうに言った。

前々王により宰相に任じられた彼だが、ジスランの代には一旦職を解かれている。

シグリッドが再び彼を宰相職に戻すまでは、一介の外交官として出仕していた。その時にクラウディアとは一度会ったことがあるはずだ。

「確か、前にお会いしたのは三年前でしたわね。あの時は失礼しました。すっかり緊張してしまって、ろくにお話もできませんでした……」

アメリアが記憶を辿《たど》りながら話すと、宰相はパッと瞳を輝かせた。

「おお、そうです、そうです。覚えてくださっていましたか。あの時は私も不躾《ぶしつけ》にあれこれ話しかけてしまい、姫様を驚かせてしまったと反省したものです」

「いえ、そんなことは……。奥様はお元気でいらっしゃいますか？　あの時奥様から頂いたショールはとても気に入っていて、こちらにも持ってきましたの」

「なんと！　妻が聞いたらどんなに喜ぶことでしょう」

宰相が放つ浮き立った雰囲気は、みるみるうちに周囲に伝播《でんぱ》していった。硬い表情をしていた者たちも頬を緩め、好意的な視線をアメリアに向ける。

（よし！　第一印象はいい感じね！）

「このままもっとお話しさせて頂きたいところではありますが、私はこれで失礼いたします。実は宰相職を離れていた間、未解決のまま放り出されていた案件の処理にいまだ追われておりまして――」

宰相は名残惜しそうに一礼すると、城の中へと戻っていく。

アメリアも残った面々に導かれるまま、巨大な城門をくぐった。

案内役の宮内卿とは、これが初対面だ。以前の宮内卿はシグリッドの不興をかって、宮廷から追放されたという。

宮内卿の隣にいるのは、大司教。普段は王都ではなく、教会本部のある聖地ノルドで神に仕えている。彼は大会議が開かれる時と王族の慶弔の時に王都に出てきて、国王の助言役としての役目を果たしている。

出迎えの一行の中にいる最後の要人は、外務卿だ。

クラウディアと直近で会ったことがあるのは、彼だった。別人であることを見破られるとしたら、それは外務卿だろうと、王太子とデイジーは口を揃えて言っていた。

アメリアは緊張で吐きそうになりながら外務卿と挨拶を交わしたが、彼もまた宰相と同じく少し驚いた素振りを見せたあと、柔らかな笑みを浮かべた。

「ようやく姫様をこうしてお迎えすることができました。ブレスコットではほんの僅かな時間しかお目通りすることができず、もしやお身体が弱くいらっしゃるのではないかと案じておりましたが、お元気そうで何よりです。こちらでもお健やかにお過ごしいただけるよう、心を尽くしてお仕え申し上げます」

気遣いに満ちた温かな言葉に、アメリアはようやく肩の力を抜いた。

「あの頃は体調が優れず、何かと臥《ふ》せっておりましたの。滋養をつける為に服用していた薬が、どうやら体質に合わないものだったらしいのです。元気になるどころか毎日萎《しお》れていくと、兄にもよくからかわれました。卿のみならず多くの大使や国民を不安にさせたこと、申し訳なく思っています」

デイジーや王太子と話し合って決めた設定を、ここぞとばかりに披露する。

外務卿は気の毒そうな表情を浮かべ、アメリアを労《ねぎら》った。

「なるほど、そのような事情がおありだったのですね。不調の中、無理をさせてしまったこちらの方こそお詫《わ》び申し上げなくては」

アメリアと外務卿が話す様子を見て、周囲の者が納得したように頷いている。

クラウディアは人前に出ることを好まない繊細すぎるほど繊細な王女だと、こちらでも噂になっていたのだろう。

だが実際の王女にそんな素振りはない。普通に接することができそうで喜んでいる――そんな空気が読み取れた。

クラウディアの髪型と化粧をそっくり真似た甲斐《かい》もあり、誰もアメリアを偽物《にせもの》だとは疑っていない。少しぐらい挙動不審でも、それはそれで繊細なクラウディア王女らしいと思ってもらえる気がする。

シグリッド国王が自分に気づくことはない、とアメリアは確信していた。

六年前に会ったきりの少女を、彼が覚えているとは思えない。

仮に覚えていたとしても、化粧っ気のない十六歳の娘と、現在のアメリアを同一人物だと見抜くことはできないはずだ。

ジョルジュ国王が懸念していた『殺気立った』空気をそれほど感じないことも、アメリアの警戒をやわらげた。

『血塗れの簒奪王』の一派とは思えないほど、重臣たちは優しく親切だし、ちらほら見かける使用人たちの表情も明るい。

確かに城内は物々しい雰囲気に満ちている。

ブレスコットの王城では目にしなかった甲冑《かっちゅう》姿の軍人の多さには驚いたが、それは国風の違いによるものだろう。武芸の誉れを至上とするゼーフェラングと、知力と芸術を貴ぶブレスコットでは軍事にかける国費の桁も違えば、意識も違う。

兵たちが城内でも甲冑を脱がない理由を、アメリアはそう解釈した。

ジョルジュ国王の懸念が単なる憶測ではなかったと知ったのは、式の前日、大司教と二人で話した時のことだった。

『婚姻の儀式ついて、今一度確認したい』という大司教の申し出を断る理由はなく、アメリアはデイジーを連れて彼の私室へと赴いた。

そこは、司祭の部屋というより小さな図書室のようだった。

「殺風景な部屋で申し訳ない。ここが一番、安心してお話できる場所なのです」

恥ずかしそうに言って机の上の書物を片付ける大司教に、アメリアは首を振った。

「お気になさらないで。私も本は好きなのです。壊してはいけない高価な美術品が並んでいるお部屋より安心しますわ」

「ははっ。そう言っていただけると有難い」

大司教は破顔すると、デイジーに視線を移した。

「私以外に誰もいないことを確認して頂けましたかな？　姫様の安全は神に誓ってお守りします。どうか少しの間、席をお外しください」

デイジーは躊躇《ためら》ったが、「大丈夫よ。何かあったら大声で叫ぶから」とアメリアが言うと、「では、扉の前で待たせて頂きます」と一礼して退出していった。

勧められた椅子に腰を下ろし、向かい合ってすぐ、大司教が口火を切る。

「姫様は、シグリッド陛下についてどこまでご存じでいらっしゃいますか？」

「どこまで、と言われましても……」

「ここには私しかいませんし、姫様から聞いた話を他言することはありません。私が忠誠を誓う相手はゼーフェラングの王家ではなく、神なのですから」

大司教の真摯な態度に、アメリアを陥《おとしい》れる意図はないように思える。

それでも、そう簡単に警戒を解くことはできない。

アメリアは慎重に言葉を選びながら、答えた。

「シグリッド様は圧政に苦しむ民を慮《おもんぱか》り、前王陛下を御諫《おいさ》めしたと聞いています。己の所業を悔やんだ前王陛下は自死を選び、シグリッド様が王座に就くことになった、と」

「確かに我が国の公式発表では、そうなっていますね。他には聞いていませんか？」

「不穏な噂は耳にしましたが、所詮《しょせん》噂ですわ」

「血塗れの簒奪王、でしょうか？」

頷こうとしないアメリアを見て、大司教はふう、と溜息を吐いた。

「信じて欲しいと願うのなら、こちらから腹を割らねばなりませんね」

「それは、どういう……？」

アメリアの問いに、大司教はゆっくり口を開く。

「ジスラン様は稀代《きたい》の暴君だったのです。弱い者の上げる悲鳴が何より好きだと公言して憚らない、まさしくけだものでした」

「……そんな……では」

「ええ。去年ついにシグリッド様はジスラン様と彼の側近を粛清し、政治体制を一新されました。血塗れの簒奪王という蔑称はあながち間違いではない。ですが私は、シグリッド様が立ってくださってよかったと思っています。あのままではもっと多くの民が死んだ。救国の騎士王と讃えられているのも、そういう理由があるからです」

大司教の話を聞いたアメリアの心に広がったのは、圧倒的な安堵だった。

シグリッドが己の欲の為に実の兄を殺したわけではないと分かり、全身の力が抜けそうになる。

思い出の中の彼が変わっていないこと、そして変わっていないのなら自分が虐待されることはないと信じられることが、たまらなく嬉しい。

アメリアの表情の変化を見て、大司教は微笑んだ。

「そんなお顔をするところをみると、やはり悪い噂を聞いていたのですね。シグリッド様に虐げられるのではないかと怯《おび》えていたのではありませんか？」

今度こそ、アメリアは頷いた。

「噂通りの方でないことを願っていましたが、可能性はあると思っていました」

「それでも国同士の約定を守る為、こうしてやってこられた。あなたは勇敢な女性です」

大司教の賞賛にズキリと胸が痛む。

勇敢ではあるかもしれないが、善人ではない。

現にアメリアは今も大司教を騙しているのだ。

「……真実を教えてくださってありがとうございます」

「いいえ。何も知らないまま王妃となるのは、さぞ不安でしょう。ゼーフェラングの国民は、この度の国王交代を歓迎しています。ですが、北部諸侯の中には未《いま》だシグリッド様を王と認めない者がいるのも事実。どうか、姫様も身辺にはお気を付けください」

なるほど、大司教はこの話をしたかったのか、とアメリアは合点した。

「分かりました。肝に銘じておきます」

しっかり目を合わせて答えたアメリアに、大司教は「もう一点申し上げたいことがございます」と言って、法衣《ほうえ》のたもとから小ぶりな木箱を取り出した。

「初夜の儀式の際ですが、事が終わったあと、姫様の純潔を証する敷布《しきふ》が必要となります。シグリッド様が姫様に無体を働くことはあり得ないと断言できますが、逆のことは保証できません。つまり、初夜を完遂することができないかもしれない、と言う意味です。ジスラン様の暴虐を少年の頃から目の当たりにしてきたシグリッド様には、深い心の傷がございます。どうか長い目で見守ってほしいのです。こちらを使って婚姻を完成させるか、それとも陛下の準備が整うまでお待ちになるかは、姫様に一任致します」

大司教は一気に話し終えると、木箱をアメリアに押し付け、あっという間に面談を終わらせた。言いにくいことを言い切った、といわんばかりの勢いに、唖然《あぜん》とする。

デイジーを連れて自室に戻ったアメリアは、部屋で木箱を開け、大司教があれほど慌ただしく面談を終わらせた理由を知った。

「姫様、それはもしや……！」

木箱の中を覗《のぞ》き込んだデイジーが、みるみるうちに真っ赤になる。

「ええ、張り型ね。随分立派だわ。もっと小さなものにしてくれたらよかったのに……。このサイズでなくてはいけない理由があるのかしら」

大司教は万が一の保険として、これを寄越したのだとアメリアは察した。

万が一というのはつまり、シグリッドが勃起しなかった時のことだ。

彼が王座に就いた経緯を思えば、さもあらん、というのが正直な気持ちだった。

ジスランはよほど残虐な嗜好《しこう》の持ち主だったのだろう。

そんな兄のせいで、シグリッドが性交に忌避感を抱くようになったのなら、彼のリードは期待できない。

「ひえええええ‼　なぜ殿下はそんなに平然としていらっしゃるんですかぁ！」

「あら、そんなに驚くほどのこと？」

【サロン・ステラ】では頻繁に飛び交っていた類の話だったので、デイジーの初心《うぶ》な反応に逆に驚いたが、王女的にこういった話題に詳しいのは不味《まず》いのかもしれない。

「もも、もしかして、殿下はすでに、経験がある、とか……？」

デイジーは真っ青な顔でごくりと喉を鳴らした。

赤くなったり青くなったりと大忙した。

「ないわよ。誰かとお付き合いしたこともないのに、あるわけないいじゃない」

「あ、そこは一般的な感覚なんですね……よかったぁ」

デイジーは涙目で胸を撫《な》で下ろし、勢いよくアメリアの両肩を掴む。

「【サロン・ステラ】で見聞きしたことは、一旦忘れてくださいね！　あとなぜこんなものを大司教様から貰ってきたのか、全部話してください‼」

デイジーの剣幕《けんまく》に押されたアメリアは、こくりと頷いた。

大司教はあの部屋で聞いたことは誰にも話さないと誓っていたが、アメリアは誓っていない。それにデイジーはこの国において唯一の味方なのだ。事情は全て共有しておいた方がいい。

「──それでね、シグリッド陛下は不能かもしれないのですって。だけど、初夜には私が純潔であることを証明しなきゃいけないそうなの。いざという時はこれを使って、提出する敷布に破瓜《はか》の印を残すか、それとも駄目でしたと正直に申告するか、どちらを選んでもいいそうなのだけど……、って。デイジー？　聞いてる？」

デイジーはぽかんと口を開けたまま、魂が抜け落ちた顔で虚空を見つめている。

この件に関しては、デイジーの助言を貰うことはできないようだ。

（初夜の儀式が終わるまで正式な夫婦になれないのなら、ブレスコットとの約定はどうなるの？　あれだけ皆苦悩したのに、私だって大変だったのに、結局両国の架け橋にはなれませんでした、なんて納得できないわ。ここは腹を括って、既成事実を作った方がいいわよね！）

張り型を両手で握り締め、アメリアは絶対に初夜を完遂してみせる！　と決意した。

◆◆◆

結婚式当日、シグリッドは式典用の軍服を身に纏い、大聖堂の祭壇の前に立った。

天井に向けて細長く伸びているステンドグラスからは、複雑に織り込まれた陽光が降り注いでくる。

中央に敷かれた深紅の絨毯《じゅうたん》の上をしずしずと進んでくるクラウディア王女は、純白のドレスをほっそりとした身体に纏い、繊細なヴェールで顔を隠していた。

クラウディアをエスコートしているのは、ブレスコットの王太子だ。裾が長く伸びたヴェールは、王女が母国から連れて来た唯一の侍女が恭《うやうや》しく持ち上げている。

クラウディアが歩みを進める度、大輪の百合《ゆり》をメインに作られた豪奢《ごうしゃ》なブーケが微《かす》かに揺れた。

シグリッドが最初の違和感を覚えたのは、この時だ。

凛と背筋を伸ばし、迷いのない足取りでまっすぐこちらに歩んでくる王女の姿は、シグリッドの薄い記憶の中にあるクラウディア王女のイメージとはまるで違った。

正式に結婚式の日程が決まったあと、外務卿や宰相は何度もシグリッドに釘《くぎ》を刺した。

『王女殿下は、身も心も線が細い方でいらっしゃいます。どうか壊れやすいガラス細工を扱うようなお心持で相対されますように』

シグリッドは、一体どうしたものか、と途方に暮れた。

女心など分からない。同性の気持ちですら、完全に汲《く》み取《と》れるとは言えない朴念仁なのだ。それがいきなり、ガラス細工。無理が過ぎる。

クラウディア王女がゼーフェラングの王城に到着した時、シグリッドは出迎えに行かなかった。顔を合わせずに済むよう、わざと地方の視察を入れて王城を留守にしたのだ。

式の前に怯えられて大泣きされては敵《かな》わないと思ったからなのだが、王女を出迎えた宰相たちは『すっかり大人になっておられました』と喜んでいた。

だが大人になったからといって、元々の性格が変わるわけではないだろう。

どうか無事式が終わるまで、失神しないで欲しい。それだけを祈って式に臨《のぞ》んだ。

ところが蓋を開けてみればどうだ。

失神する気配はなく、歩く姿にはある種の気迫のようなものすら籠っている。

心の中で首を捻《ひね》りながら、作法通りに王子からクラウディア王女を引き取る。

ぴたりと身体を触れ合わせて並んでみても、王女のまっすぐな姿勢は崩れなかったし、震えもしなかった。

荘厳な雰囲気の中、シグリッドとクラウディアの前で大司教が聖句を述べ始める。

シグリッドは予想外の王女の態度に気を取られ、半分以上聞いていなかった。

「——以上のことを神の御前《みまえ》で誓いますか？」

肝心な誓いの内容は聞き逃したが、特に問題はない。自分達は神によって結ばれるわけではなく、セスカ河を両国で平和に共有する為に結ばれるのだから。

大司教が知ったらそれこそ卒倒しそうなことを考えながら「誓います」とはっきり述べる。大司教は満足げに頷き、視線をクラウディア王女に移して同じことを問うた。

「はい、誓います」

落ち着き払った冷静な声が隣から聞こえる。

シグリッドの違和感はますます深まった。

人前ではわざとか弱い淑女を演じていたということだろうか？　結婚相手には隠し通せないと腹を括って、素を出したとか？

女性の好みについて深く考えたことはないが、ガラス細工のような女性とは上手くいく気がしない。本当の王女が肝の据わった娘だというのなら、願ってもない話だ。

そうならいいのに、という願望が大いに籠った想像を巡らせながら、シグリッドは王女と向かい合い、ヴェールに手を掛けた。

このあと彼女の指に指輪を嵌《は》め、結婚宣誓書にサインすれば、王女との婚姻は成立する。

ヴェールを捲《めく》り上げてから、シグリッドは改めて目前の女性を見下ろした。

明るい金髪に縁どられた卵型の顔に、あっけに取られる。

確かに色は抜けるように白い。だが、この顔は……この瞳は……。

――『王女様のこと、どれくらい覚えてる？』

そうデニスに問われた時のことを、シグリッドはありありと思い出していた。

――『正直、顔は全く覚えてない。別人がきても気づかないかもしれない』

あの台詞は嘘《うそ》ではなかった。王女に扮した別の誰かがきても、おそらくシグリッドは気づかなかっただろう。

だがここにいる娘がクラウディアではないということだけは、はっきり分かる。

『――今夜はこの芋を剝いて茹《ゆ》でてしまえば、私の仕事も終わりなの。あの長椅子をあなたに貸してあげるから、代わりに剝くのを手伝って』

軽やかに言い放ってシグリッドを古い樽に座らせた少女の顔が、目前の女性にぴたりと重なる。

もう六年も前の話で、彼女と共に過ごしたのは一晩だけだ。

だが当時のシグリッドに鮮烈な印象を残した少女の面影を、忘れるはずがない。

アーモンド型の瞳は、晴れた冬の空と同じ色をしていた。

小気味よく動く唇は薄く、額は賢そうで……頬は今よりもっとふっくらしていたが、造作はそう大きく変わらない。

人を忘れる時、真っ先に記憶から消えるのは声だという。

本当にそうだ。少女が語った言葉は思い出せるのに、それを紡いだ声はまるで思い出せない。だから、王女が宣誓の台詞を述べた時点では気づけなかったのだ。

向こうも気づくだろうか、とシグリッドは青い瞳を探ってみたが、彼女は不安げにぱちぱちと瞬きを繰り返すだけで、何かを思い出した素振りはない。

そういえばあの時のシグリッドは、横髪を後頭部で一つに括り、眼鏡をかけていた。身元がバレないよう変装していたことを思い出し、なるほどと得心する。

どうやら王女の正体に気づいているのは、自分だけらしい。

彼女が手袋を外している隙に、さりげなく付き添いの侍女と兄王子の様子を観察する。

顔をあらわにしたクラウディアを見ても冷静な態度を保っているところから察するに、二人とも王女が身代わりであることを承知しているのだろう。

では、王女と会ったことのある宰相と外務卿はどうかと視線を巡らせば、二人とも感無量という顔で立っている。彼女が偽物であるとは露ほども思っていないようだ。

ということは、本物の王女とここにいる女性は、少なくとも見た目はよく似ているということになる。

シグリッドは確信を深める為、彼女に指輪を嵌める際、そっとその手を裏返して手首の内側を確認した。白い肌には、三つのホクロが並んでいる。

やはり、そうだ。彼女はクラウディアではない。

『星座の形みたいでしょう？　お母様は幸運の印だって言うの』

記憶の底で眠っていた一場面が鮮やかに蘇《よみがえ》る。

肘まで腕まくりした格好のせいで、少女の手首のホクロはよく見えた。シグリッドの視線に気づいた彼女は、慣れた手つきですると芋の皮を剥きながら、小さくはにかんだのだ。

（これは……どうすればいい？）

シグリッドは目まぐるしく思考を巡らせた。

ブレスコットの王太子まで今回の身代わりを容認しているというのなら、ここで王女の正体について言及するのは悪手だ。下手をすれば即時開戦になる。

もしもブレスコットにゼーフェラングを害する策略があるのなら、シグリッドは自国を守る為に戦うつもりだが、それはどんな事情があってこうなったのか知ってからでも遅くない。

「では、こちらにお二人のサインを」

国家の重要文書を管理する尚書卿が大司教の隣に立ち、結婚誓約書の最後の欄に署名を求めてくる。一旦解決を先送りすることに決めたシグリッドは、左の空欄に己の名をサインした。書き終えた後、羽ペンを王女へ手渡す。

クラウディア――名は聞かなかった為、便宜上そう呼ぶしかない娘が、宣誓台の前で身を屈《かが》めるのを見て、シグリッドはとっさに動いていた。

王女を補佐する振りをして背中を丸め、彼女に耳打ちする。

確証は何もない。はっきり言って、博打《ばくち》だった。

「ブレスコット王家の娘、と」

自分でも何故そんなことを言ったのか分からない。

ただ、別人だと分かってしまった以上、虚偽の名を誓約書に記させるわけにはいかないと思った。

六年前、少女と別れてこっそりブレスコットの迎賓館に戻った後、シグリッドは彼女の名を尋ねなかったことを後悔した。二度と会うことはないだろうが、久方ぶりに楽しかった一夜のよすがとして、聞いておけばよかった、と。

そんな昔の感傷に襲われ、目前の娘を庇《かば》いたくなったのは確かだ。

国家の正式文書を偽造したと分かれば、無事では済まない。どういう経緯で身代わりに立てられたのか想像もつかないが、本物の王女とそっくりだというのなら遠い血縁ではあるかもしれない、という何の根拠もない可能性に賭ける。

クラウディアは一瞬躊躇《ちゅうちょ》したものの、シグリッドの指示通りペンを走らせた。

尚書卿は書類を確認すると、怪訝《けげん》な顔をして「陛下」と小声で呼びかけてくる。

「いいんだ、それで」

シグリッドの返答に尚書卿はこくりと頷き、静かに下がっていった。

クラウディアと何の係《かか》わりもない人間であれば、ブレスコット側がこれほど堂々とすり替えてくるはずがないし、宰相たちが騙されるほど本物の王女と似ているはずがない。

シグリッドはそう推論したが、他人の空似ということもある。己の予想が間違っていた場合は娘を処断し、ブレスコットを糾弾しなければならない。

軽く想像しただけで、気が重い。

ただでさえやることが山積みなのに、何故こんな面倒事を持ち込んできたのかとジョルジュ国王を詰《なじ》ってやりたい気持ちになる。

いずれはブレスコットへ赴き、彼と会って直接今回の件について問《と》い質《ただ》さなければならないだろう。

だがまずは、国内の問題を解決するのが先だ。

北部諸侯はシグリッドが即位一年を迎えた今もなお、国王への恭順を示していない。彼らへの不満は議会メンバーのみならず、他の地方の諸侯からも上がってきている。

シグリッドは反乱が起きる前に自ら動く、と皆に約束した。

どれほど気が進まずとも、国を守る為の約束は果たす。それはジスランを討つと決めた時に己に立てた誓いだった。

大聖堂での式が終わると、次は王城の大広間で行われる祝宴へと場は移る。

父の時は披露宴を三日三晩続けて開いたという記録があるそうだが、今はそこまでする余裕もないし、必要も感じない。

会議の結果、宴は一晩だけで初夜をもって一連の儀式を締めくくることが決まった。

(そうだ、初夜の問題があった……)

クラウディアと共に高座に並んだシグリッドは、心の中で低く呻《うめ》いた。

ゼーフェラングは五百年の歴史を持つ国だ。

王家に纏《まつ》わる祭典には、古いしきたりが幾つも残り、今なお継承されている。

国王が正妃を迎えた場合の初夜もそれに含まれることを、シグリッドは昨日大司教から教えられたばかりだ。

『――というわけで、王妃陛下の純潔と、真に両陛下が夫婦になられたことが証《あか》されれば、それで終了です。あとは、どうぞ陛下のお心のままに』

シグリッドが大司教の説明を飲み込むまで、それは長い沈黙が流れた。

『式の前日にそれを俺に伝えたことに、他意はあるか』

低く地を這《は》う声で問い質せば、大司教は満面の笑みをたたえ首肯した。

『ございます。陛下は嫌がると思いましたので、逃げられないタイミングを選びました』

大司教の柔和な眼差《まなざ》しには、絶対に譲れないという固い意志が見え隠れしている。

これにはシグリッドも降参するしかなかった。

偽物の王女を抱くつもりはなかったが、かといって誤魔化《ごまか》す方法も思いつかない。

外に出せば、妊娠は避けられるだろうか。

まさか初夜で身籠ることはないとは思うが、可能性は皆無ではない。

（お前に、俺に抱かれる覚悟はあるのか？）

隣に座った娘をちらりと見遣《みや》る。

クラウディアは、挨拶に来る貴族たちに控えめな微笑みと品のある謝辞で応えていた。

王女の逆隣に座った兄王子は常に妹を気にかけているし、背後に控えた侍女も同じくだ。

傍から見れば、初々しい王妃を身内が気遣っているように見えるだろうが、クラウディアが偽物だと知っているシグリッドからすれば、王女が失敗をしないよう見張っているように見える。

参列者は皆、喜色をあらわにしていた。

ようやく夜が明けたのだと涙ぐんでいる者もいれば、これから先が楽しみだと笑っている者もいる。共通しているのは、ここにいる全ての者が、シグリッドとクラウディアの婚姻を祝福しているということ。

そしてそれは国民も同じだ。大聖堂から王城へと続く街路は、国王の結婚を寿《ことほ》ぐ民で溢《あふ》れていた。空気を震わせる大きな歓声に、この国を守らなければと決意を新たにしたことを思い出す。

王妃が身代わりであることを、軽々しく明かせる状況ではない。

本物のクラウディアを捕まえ、ここにいる娘と入れ替えることは可能だろうか。

どこまで似ているかによるが、しばらく病に臥せったことにして面替わりしたと言えば誤魔化せるかもしれない。

だがそれも先の話だ。今夜は、ここにいる娘を抱かなければ。

おそらく処女であろう彼女を組み伏し、裸に剝いて、そして――。

不意に耳奥に蘇った嬌声《きょうせい》に、胃の腑が裏返る。

シグリッドはとっさに手の平で口を押さえ、吐き気を堪えた。

女を抱いた経験はない。

だが男がどんな風に女を犯すのかについては、嫌と言うほど知っている。

ジスランは弱い者をいたぶるのが、大好きだった。

幼い頃は小動物が、そしてある程度育ってからは女が、彼の欲望の対象となった。

母の住む離宮を出て王城にあがってからというもの、ジスランに呼ばれた宴で彼が複数の女を犯す様子を間近で見せられたことは何度もある。

初めて呼ばれた時は見ていられずすぐにその場を離れようとしたのだが、怒ったジスランが交わっていた女の首を絞めたので、慌てて引き返し兄を殴り飛ばした。

まだ弱かったシグリッドは、兄の取り巻きによって顔以外を滅多打ちにされて意識を失ったが、その後も宴に呼ばれる度に暴れ回った。

そのうち素手でも大人数を制圧できるようになると、ジスランは『女も抱けない腰抜けをからかうのにも飽きた』と言って、シグリッドを呼ぶのを止めたのだ。

あの時は心底ホッとしたが、今考えれば何の解決にもなっていない。

シグリッドが知らないところで一体どれだけの女が苦しんだのかと思うと、逃げ出すことしか考えていなかったかつての自分は、兄の言う通りとんだ腰抜けだ。

「――……か。陛下。大丈夫ですか？」

柔らかな声に呼ばれ、現実に立ち返る。

気づけばクラウディアが気遣わしげな顔でこちらを覗き込んでいた。

「ああ、大丈夫だ」

この場で真に心配されるべきなのは彼女のような気がして、何とも微妙な気持ちになる。

クラウディアはまだじっとこちらを見上げていた。

他に何を言えばいいか分からず、手元の杯《さかずき》に手を伸ばし、酒を舐《な》める。

酒自体の味は嫌いではないのだが、酔って前後不覚になるのは避けたくて、いつも付き合い程度に嗜《たしな》むだけだ。

「もしかして、お酒は苦手ですか？」

「いや、そうでもない」

「そうですか……」

彼女がちらりと侍女の方を見遣る。侍女は何かを言い掛けたが、シグリッドが見ていることに気づくと曖昧な笑みを浮かべて口を噤んだ。

酔ってしまえば急な襲撃に対応できないから、と説明すればよかっただろうか。気の利いた返事ができない為、話が続かない。

それでもクラウディアはめげずに明るい笑みをたたえ、祝宴の雰囲気を壊すような真似はしなかった。

宴が終わり、一旦自室に引き上げる。

護衛としてついてきたデニスは、周囲に人がいなくなるが早いか、嬉しそうにシグリッドの肩を小突いてきた。

「いや〜、よかったな！　前評判と全然違うじゃないか。お前を見てもぶっ倒れなかったし、お偉方にも全く物怖《ものお》じしてなかった。しかも、可愛い！　彼女は当たりだぞ」

デニスは酒に強い。飲めば今のように上機嫌にはなるが、酔って手元や足元が不覚になるということはない。

今刺客に襲われてもあっさり返り討ちにすると分かってはいるが、それでも吐息に混じる酒精の匂いはきつく、シグリッドは顔を顰めた。

「飲み過ぎだ。あと、彼女をもの扱いするな」

「悪い、悪い。嬉しいのとホッとしたのとで、つい口が過ぎた」

素直に謝罪したデニスの顔を見ないまま、シグリッドは声をひそめた。

「確かにしっかりした王女だ。だが彼女はクラウディアではない」

「へえ……。――え!?」

デニスは驚愕《きょうがく》をあらわにしたが、誰が通りかかるか分からない廊下ではこれ以上話せない。シグリッドは自室まで沈黙を貫いた。

部屋に入って扉に鍵をかけ、室内に誰も潜んでいないことを検《あらた》めてから、ようやくデニスと向き合う。

「王女本人ではないと判断した理由は？　お前はクラウディアを覚えていないんだろう？　外務卿は何度も王女と会ったことがあるんだぞ。それとも何か？　一緒に来てる王太子も偽物で、外務卿もグルだと言いたいのか？」

すっかり酔いが醒《さ》めた顔で、デニスはまくし立てた。

「そこまでは言ってない。外務卿はおそらく王女本人だと思っている。王太子については分からない。ただ、彼女は違う。クラウディアじゃない」

「じゃあ、誰だって言うんだ」

「六年前、ブレスコットへ行った時、俺が兄上を見張る為に街に下りたことは覚えているか？」

シグリッドの問い掛けに、デニスは顔を顰めながらも応える。

「そこまで話が飛ぶのかよ……。ああ、覚えてるとも。お前が部屋にいないと分かった時は肝が冷えたよ。朝帰りしたお前に、王命とはいえ一人でジスランに着いて行くなんて阿《あ》呆《ほう》なのかと説教したっけな」

「そうだったな」

長い付き合いの中であれほど慌てたデニスを見たのは、あれが初めてだった。あの頃からデニスは、ジスランを毛嫌いしていたし、誰より警戒していた。

だがシグリッドにも、そうせざるを得ない事情があったのだ。

あの夜シグリッドは、ジスランが王都一の高級娼館と名高い店を冷やかしに行くと知った父から、『他国で好き勝手されるのは困る。あれには行くなと言っても隠れて行くだろう。お前も一緒に行って、問題を起こさないよう見張っていてくれ』と頼まれた。

父の口ぶりから大事《おおごと》にしたくないと願っていることが分かったので、シグリッドは無念を堪えてジスランに『俺も行ってみたい』と頼んだのだ。

ジスランが『やっとその気になったか？　ならとびきりの女を味見して譲ってやるよ』と下卑た笑みを浮かべたことまで思い出し、吐きそうになる。

顔をしかめたシグリッドを見て、デニスは不思議そうに首を傾げた。

「そんなに嫌な思い出か？　ジスランが行った店で、やつは子ども扱いされたんじゃなかったっけ。お前がやけに機嫌がよかった記憶があるんだが」

ジスランがかかわる件でシグリッドが不快を示さないのは珍しい。

だからデニスも詳細を覚えていたのだろう。

「ああ。店の主人が遣《や》り手でな。強い酒を盛られた兄上は、何もできずに寝こけただけだった。起き抜けに女たちに夜の技巧を褒められて、満更でもない顔で引き揚げたよ。どうやら夢の中でたっぷり楽しんだらしい」

「ははっ、そうだった、そうだった。【サロン・ステラ】だったか？　高級娼館とは言うが一種の社交場みたいなもんで、女が売るのは色じゃないって話だったよな。並みの男じゃどれだけ金を積んだって、胸の一つも揉《も》ませてもらえないって」

「確かそんな名前だったな。自分は特別扱いされた、と兄上はあの後もよく自慢してた。本当は寝かしつけられただけなのに」

　今思い出しても胸がすく。

　デニスも愉快そうに破顔したが、そんな場合ではないと思い出したのだろう、はたと真顔になった。

「それと、王女の偽物と何の関係があるんだ？」

「兄上が眠った後、俺はやることがなくなってな。かといっていつ起きるか分からない兄上を置いて帰るわけにもいかないだろう。仕方がないから兄上と同じ部屋にいたんだが、暇になった女たちにあれこれ揶揄《からか》われて……」

「ああ、想像つくわ。女なんて買ったことなさそうな若い男が、部屋の隅で所在なさげにしてたわけだろ？　そりゃお姉さんたちもほっとけないって」

　まさしくデニスの言う通りの状況だった。

　初めは問われたことに真面目に答えていたのだが、次第に際どい質問をされるようになり、辟易《へきえき》したシグリッドは全く起きる気配のないジスランを残して部屋を出た。

　適当な宿を探して朝を待とうかとも思ったが、土地勘がない場所でうろつくのは危険だと考え直す。とりあえず裏口を出たところで時間を潰すか、と裏階段を探して下りていったところ、突き当ったのは広い炊事場だった。

そこでシグリッドは、大量の芋を洗っている少女と出会ったのだ。

下働きにしては、綺麗《きれい》な少女だった。肌や手もすべすべとしていて、腕まくりした袖から伸びる腕は眩しいくらいに白かった。

『あら？　あなた確か、今夜の一見《いちげん》さんのお連れ様よね。もしかして部屋が分からなくなったの？』

芋を洗う手を止めた少女が、無邪気な表情で問い掛けてくる。明るい金の髪と澄んだ青い瞳が人目を惹《ひ》く、美しい娘だった。年は十代半ばくらいだろうか。

突然の闖入者《ちんにゅうしゃ》にも全く驚いた素振りがないことに、シグリッドの方が驚いた。

動転しながらも、質問に答えようと尋ね返す。

『一見さん、とは？』

『紹介状を持たない飛び込み客のことよ。外国から来た良いところのお坊ちゃんが、うちで女を買えると勘違いして羽目を外しにきた、って聞いたんだけど、違った？』

揶揄を含んだ言い方だが、大筋は合っている。

『ああ、それなら兄のことだ。ここは娼館じゃなかったのか』

『必ず女を買えると思ってきたのなら、当てが外れることになるわね。ここは身分のある人が内緒の話をしに来たり、息抜きしたりするお店なの。それにうちでは、客が相手を選ぶんじゃなくて姐《ねえ》さんたちが客を選ぶのよ。色を売るかどうかも、姐さんたちの気分次第。

欲を解消したいだけなら全くお勧めできないわ』

よく分からないが、ゼーフェラングにある娼館とはまるで毛色が違う店らしい。

『そうか。兄はどうやらお眼鏡に叶わなかったようだ』

『でしょうね。あなたも不合格だったの？』

笑って話しながらも、少女はきびきびと働いている。

『分からない。だが俺はこういう場は苦手だから、どうしたものかと困っていた。兄が起きるまで時間を潰せそうな場所を知っていたら、教えて欲しい。休息が取れたらなおいい』

シグリッドが頼むと、少女はうーん、と考え込んだ。

『あなたは悪い人じゃなさそうだし力になってあげたいけど、今から近くの宿を取るのは無理だわ。成人なさったクラウディア王女殿下のお姿を一目見ようと王都にやってきた人たちで、どの宿も満室のはずだから……。ああ、そうだ。そこなら空いてるわよ』

少女はそう言って、部屋の隅に置かれた長椅子へと首を傾ける。

確かにそこなら仮の寝床になりそうだ。

使用人が休憩用に使うにしては立派で大きく、おまけにクッションまである。あれを枕にして横になれば、少しは身体を休めることができるだろう。

『今夜はこの芋を剝いて茹でてしまえば、私の仕事も終わりなの。あの長椅子をあなたに貸してあげるから、代わりに剝くのを手伝って』

少女の提案は魅力的だったが、シグリッドは台所仕事をしたことがない。

素直に申告すれば『いいわ。私が教えてあげるから』という返事が戻ってくる。

他に術《すべ》はないと、シグリッドは少女がどこかから転がしてきた古い樽の上に腰掛けた。

少女も隣に並んで、前に大きなバケツを置く。そこには綺麗に洗われた芋がぎっしり詰まっていた。

借りたナイフはよく手入れがされていて、少女の指示通りに手を動かせば、芋の皮は面白いほどつるつる剝けた。

『あら、上手じゃない！　これならすぐに終わりそう。そうだ。終わるまで、あなたの国の話を聞かせてくれない？』

『面白い話はできない』

『面白くなくてもいいから。私は王都どころか、この地区から出たことがないの。他の街や外国がどんな風なのか知りたいわ』

少女の口調に滲んだ渇望にシグリッドは胸を突かれた。

身綺麗にはしているし、過酷な労働を強いられているようにも見えないが、自由ではないという点においては、やはり夜の店の女なのだ。

『俺は、ゼーフェラングから来た』

外国から来たことは既に知られているのだし、これくらいはいいだろう、と出身国を明かす。少女はパッと瞳を輝かせた。

『ゼーフェラング！　知ってるわ。セスカ河の北にある大きくて豊かな国でしょう？　あの国には強い騎士様が沢山いると聞いたことがあるわ』

狭い世界で育った異国の少女にまでゼーフェラングの騎士の武勇が知られていると分かり、嬉しくなる。シグリッドは思わず頬を緩めていた。

『ゼーフェラングのどの辺に住んでいるの？　セスカ河へ遊びに行ったことはある？』

『王都だ。セスカ河には子どもの頃、友人の父に何度か連れていってもらった。水が澄んでいるわけじゃないから、泳ぐのは駄目だと言われたが、舟に乗って風を浴びたり、魚釣りをしたりするのは楽しかったな』

『そうなんだ、いいなぁ』

うっとりと目を細めた少女が発する声は耳に心地よく、それからもシグリッドは問われるままにゼーフェラングの名所について話した。

『いつか私も行ってみたいわ』

やがて少女は、感嘆の吐息混じりにそう言った。

そんな日が果たして本当に来るのだろうか。来ない可能性が高い気がしたが、『そうだな、いつか行けるといいな』とシグリッドは返した。

どんな境遇にあっても、夢を見るのは自由だ。

そのあとは、少女の手首のホクロを見つけたことから星の話になり、少女が知っている星座にまつわる神話を教えてもらった。

武骨なシグリッドが知らない話ばかりで、興味深く聞き入っているうちに芋剝きは終わり、次は大鍋で茹でるばかりとなる。

『ここまででいいわよ。私はたっぷりお昼寝したから平気だけど、あなたは疲れているでしょう？　お兄様が起きたら知らせてもらえるように頼んでくるから、休んでいて』

少女は鍋を火にかけると、足早に炊事場を出て行った。

やることがなくなったシグリッドは、長椅子へ寝転がり、クッションを頭の下に敷いた。懐に忍ばせてきた短剣を指で確かめ、そっと目を瞑《つぶ》る。熟睡するつもりはなかったが、気づけばぐっすり寝入っていた。

朝方、誰かに軽く肩を叩かれ、シグリッドは跳ね起きた。

『わあ、びっくりした……！』

目前で啞然としている少女を見て、ここがどこかを思い出す。

『あなた、いつもそんな風に起きているの？』

少女は驚いた顔のまま尋ねてきた。

普段は人に起こされる前に起きているから、と答え、立ち上がる。

『お兄様がもうじき目覚めそうだって、姐さんが。部屋に戻るなら今よ』

『分かった。色々ありがとう、助かった』

シグリッドは上着のポケットを探り、銀貨を一枚取り出した。ゼーフェラングの銀貨だ。礼と餞《はなむけ》のつもりでそれを差し出せば、少女は嫌そうに顔を顰めた。

『お金はいらないわ。私は何も売ってない』

強張ったその声には少女の潔癖さが溢れている。施しを受ける謂《いわ》れはないといわんばかりの態度に、シグリッドは微笑ましさを覚えた。

『買ったつもりはない。これは、お守りだ』

改めて説明すると、少女は怪訝そうに眉を上げる。

『お守り？』

シグリッドは、ああ、と強く頷いた。

『お前がいつか自由になって、ゼーフェラングに来られるように。夢が叶った暁には、記念に何か買うといい。髪飾りくらいは買えるはずだ』

少女は銀貨をまじまじと見つめたあと、ようやく手を伸ばす。

銀貨を受け取ってもらえた時、シグリッドは自分でも不思議なくらい嬉しくなった。

『ありがとう。そういうことなら、頂いておくね』

ふふ、と無垢《むく》な笑みを零した少女は手にした銀貨を持ち上げ、小窓から差し込む朝陽に透かして見つめた。

その澄んだ瞳を見てシグリッドは、冬の晴れた空の色だ、と思った。

「――はぁ～。お前にそんな素敵な思い出があったなんてなぁ。手首のホクロが星座みたいだとか、銀貨を一枚お守りに渡すだとか、いちいち洒落てるじゃないか。しかもその時の少女が、クラウディア王女なんだろう？　運命って本当にあるんだな……」

シグリッドの話を聞き終えたデニスは目を閉じ、いかにも感じ入ったと言わんばかりに大げさな感想を述べる。

単なる昔話がやけに美化されている。

それにシグリッドは思い出話をしたつもりはない。彼女がクラウディアではないと思う理由を述べただけだ。

「いやだから、あの王女は偽物だという話をだな――」

「そこはほら、逆の可能性もあるだろう。いくら特別な高級娼館だからって、炊事場で芋剝いてた女の子が王女の身代わりになるなんて話、あり得るか？　クラウディア王女がその少女になりすましてた、って方がまだ可能性ある……いや、ないか。あの王女なら、お前が炊事場に入ってきた時点で気絶してるわ」

デニスは一人で納得すると、「で？　お前はこれからどうするつもりだ？」と尋ねてくる。ようやく話が進んで、シグリッドはホッとした。

「国内のごたごたが片付くまでは、気づかない振りをする。だが、このまま放っておくつもりもない。まずはブレスコットの内情を調べて、本物の王女がどこへ行ったのか突き止めたい。協力してくれるか？」

「それはもちろん。そっちの調査は任せてくれていい。北部の始末をつけ終えてからにはなるだろうが、身代わりの真相を明らかにしてみせる」

「ああ、頼んだ」

これでひとまずは安心だ。デニスならきっと確かな情報を摑んできてくれる。

シグリッドは肩の力を抜き、「では今夜はこれで――」と話を切り上げようとしたが、デニスは「いやいや、待て」と食い下がった。

「ではこれで、じゃないだろ。お前、初夜はどうするつもりだ。このままだと司祭たちに見張られながら、あのお嬢さんを抱く羽目になるんだぞ？」

「直接見られるわけじゃない」

「そこはどうでもいいんだって！　……本当にできるのか？」

シグリッドはデニスの確認に、二つの意味を読み取った。自分を騙している女を抱けるのか？　そして、いずれ捨てる予定の娘を抱けるのか？

シグリッドも宴の最中、己に問うた問題だ。

「そうするしかないなら、やるまでだ」

「……分かった、腹が決まってるならいい。彼女にも何か事情があるんだろうが、最悪の事態は覚悟してここまで来たんだろうしな」

一国の王を騙すのだ。露呈すれば処刑されることは覚悟の上だろう、とデニスは匂わせた。もちろん、最悪の場合はそうするしかない。

そう思った瞬間、純粋な憧れをいっぱいにたたえた空の色が脳裏を過ぎった。

人を殺すことには慣れているはずなのに、鮮やかな血の色に染まる彼女を軽く想像しただけで、腹の底が重く沈んだ。


王の寝室は五人の司祭により、大司教から聞いた通りの手順で検められた。

初夜の立会人である司祭たちは寝台の下まで覗き込んで誰も潜んでいないことを確認した後、繁栄を意味するオリーブの枝を手にしたボウルの水につけ、寝台の上に振りかける。

何とも古典的で仰々しい儀式を、シグリッドはクラウディアと並んで見守った。

「清めの儀は終わりました。床入りをお願いします」

司祭の声を合図に、王女の手を取り寝台へ進む。

彼女の手は緊張で冷たくなっていたが、震えてはいなかった。

広い寝台の上に、まずはクラディアが横たわる。

続いてシグリッドが彼女の隣に寝転ぶと、司祭たちは一礼し、天蓋から分厚い織物を引き下ろした。寝台を幾重もの布が取り囲んでいく。

王女はすっかり暗くなった寝台の上で、じっと宙を見上げていた。彼女も大司教から説明を受けたのだろう、これから何が起きるのか知っている様子だ。

やがて所定の位置についた司祭たちが、燭台《しょくだい》の火を吹き消す。

と同時に、祝詞《のりと》らしきものが四方から聞こえ始めた。

予想以上に視界が暗い。そして声が遠い。天蓋ヴェール代わりの織物が防音の役目を果たしていることに気づき、詰めていた息を吐く。

クラウディアもシグリッドと同じタイミングで、ほう、と息を吐いた。

それからこちらに顔を向け、「緊張しますね」と小声で言う。

そのか細い声に滲む怯えに、シグリッドは複雑な気持ちになった。

俺を騙し切るつもりでここへ来たのだろう？

そう強く詰りたいような、無理はしなくていいと慰めたいような。

きっとどちらもシグリッドの本音だ。

何を言っていいのか分からず、無言のまま身を起こす。

それから彼女の上に馬乗りになり、身に纏ったネグリジェを脱がせにかかった。

太腿《ふともも》の裏に感じる柔らかな感触に、心臓は早鐘を打ち始める。

暗闇の中に浮かび上がっていく白い肢体は見事な均整を保っていた。手の平でちょうど覆えてしまいそうな大きさの乳房はツンと上を向き、腰は細くくびれている。

頼りない程小さな下着に指をかけたところで、シグリッドは吐き気を催した。

ジスランに組み敷かれた女たちの悲鳴が、耳の奥でずっと聞こえている。

これから自分も、身を強張らせてじっとしているこの弱き者を蹂躙《じゅうりん》し、痛めつけるのだと思うと、耐えがたい嫌悪感に全身が包まれた。

せめて痛みを少なくせねば、と枕元に用意された潤滑油を手に取る。小瓶から右手に零した液体を零さぬように苦心しながら、クラウディアの下着の中にその手を忍ばせた。

下生えらしき柔らかなものが手の平に触れ、それから薄い皮膚と骨の感触がする。

びくり、と飛び上がりそうになったのは、シグリッドの方だった。

火傷《やけど》したかのように手の平が熱い。慌ててそこに潤滑油を塗りたくっていると、しなやかな細い指がシグリッドの手を押さえた。

「恐れながら陛下、交わる場所はもっと下です」

彼女の囁き声にシグリッドへの嫌悪感はなかった。

ただ、このまま任せて大丈夫なのか、という不安は感じられて居た堪《たま》れなくなる。

一秒でも早く終わらせてしまいたい。その一心でシグリッドは下着から手を抜き、再び小瓶から液体を垂らした。

そうしている間に、クラウディアは自分で下着を脱いでしまった。

不慣れなシグリッドに任せてはいられないと思ったのかもしれない。

もしかしたら、彼女の方は初めてではないのだろうか。純潔の証が流れないとすれば、それはそれで困ったことになる。

クラウディアに導かれるまま、あらわになった秘部に手を伸ばし、今度こそ潤滑油で繋がる場所を濡らしていく。

硬く閉じたそこは油で濡れはしたが、どこに穴があるのかはさっぱり分からないままだ。

問題は他にもある。肝心のシグリッドのものが勃起していない。

女を一方的に犯すことに興奮する趣味がなくてよかった、とどこかで安堵するものの、これでは初夜を完遂することはできない。

擦れば勃起するだろう。自慰をしたことがないわけではないのだ。溜《た》まると夢精してしまうので、その前に自分で擦って出していた。

快楽を得るのは一瞬で、あとはひたすら虚《むな》しい気持ちになるので好きな行為ではなかったが、今はそんなことを言っている場合ではない。

硬くさえなれば、それを穴に入れて腰を振れば終わる。だが、穴はどこだ。

……部屋にいる司祭を全員殴って昏睡《こんすい》させた方が早くないか？

混乱の極みに突き落とされたシグリッドが物騒なことを考え始めた時、クラウディアは再び行動に出た。

片手を枕元に伸ばし、何かを探し始めたのだ。背もたれ代わりにする為か、枕元には幾つものクッションが積み上がっている。そのクッションの下に何かがあるようだった。

「一体何を探しているんだ」

「張り型があるはずなので、それを……」

「は……?」

一瞬、何を言われたのか分からず固まる。

「もうっ、こんなに暗かったら何も見えないじゃない」

クラウディアは低く毒づくとうつ伏せになり、とうとう両手で探し始めた。

今度はすぐに見つかったらしい。再び仰向《あおむ》けになると、唖然としているシグリッドに「ありました」と安堵の籠った声で報告する。

「陛下がお辛いようでしたら、これを使います。私の中にこれを入れて、破瓜の印を出す方法でもいいと、大司教様が」

張り型が用意されていた意味を理解したシグリッドは、今すぐシーツに突っ伏して呻きたくなった。

シグリッドの不能を予測し、大司教は張り型を枕元に忍ばせたのだ。そしていざという時はそれを使うよう、クラウディアに言い含めた。

これほどの恥辱があるだろうか。

ぎり、と奥歯を食い締めたシグリッドを見上げ、クラウディアは恐る恐るといった口調で説明する。

「大司教様は陛下を案じておられました。詳しい事情は話せないが、女性に無理を強いる行為は陛下には難しいかもしれない、と」

こちらを気遣う言葉を選べるほど、クラウディアには余裕がある。

まるで一騎打ちで負かされたような気分になった。

「お前は怖くないのか。そんな木の棒を突っ込むなんて……それとも慣れているのか？」

ままならない状況に、刺々《とげとげ》しい言葉が口から零れ出る。

クラウディアは小さく笑った。

「もちろん怖いです。初めてですから。でも、もっと辛い目に遭うかもしれないと覚悟してきたので、大丈夫です。痛くてもすぐ終わるでしょうし、我慢します」

何とも健気《けなげ》なことを言うと、彼女は「潤滑油を頂けますか？　張り型に塗りますので」と続けた。

言われるままに潤滑油を渡せば、迷いのない手つきで油を張り型に塗り込め、両膝を立てる。

それから軽く息を吸って、クラウディアは己の股の間にそれを押し当てた。

「……うっ……、いっ、…たぁ……」

だが、すぐに堪えきれない苦悶《くもん》の声が上がる。

「うう、…もう、なんで…っ…」

クラウディアは力任せに張り型をねじ込もうとしているが、押し返されてしまうらしく入っていく兆《きざ》しはない。

入り口からめりめりと裂ける音が聞こえてきそうで、シグリッドは耐え切れなくなった。

「もういい、無理をするな。儀式は中止だ、司祭を追い出してくる」

「あ、……え？　……ええっ!?　それはダメです、待ってください！」

寝台を下りようと膝立ちになったシグリッドに、クラウディアは縋りついた。

「そんなことで大司教様は諦めるとは思えません。きっと明日もその次も、初夜の儀が終わるまで新たな司祭様がくるだけです」

言われてみれば確かにそうだ。

クラウディアは大司教と会ったばかりなのに、儀礼行事にかんしては一切の妥協を許さない彼の性格をよく分かっている。

「では、一体どうしろと……！」

「上手くいくよう頑張るしかありません！」

小声ではあるが勢いのある口調でクラウディアは言い、シグリッドにぎゅ、と抱き着いて寝台に倒れ込んだ。柔らかく温かな裸体に包まれ、思考が一時停止する。

「陛下は女性がお嫌いなのですか？」

二人抱き合う体勢で寝転んだまま、問われる。

「……改めて考えたことはないが、嫌いではない」

「では、身体を重ねるのがお嫌いだとか？」

クラウディアの声はどこまでも優しく、緊張と焦りで強張っていた心にやんわり沁《し》み込み、ゆっくりと解いていく。

「どうだろう。したことがないから分からないが、女を無理やり犯す男は大嫌いだ」

「もしかして、そんな場面を目撃したことが？」

核心に迫ったその問いにシグリッドは一瞬言葉を詰まらせ、それから「……ある」と答えた。

消え入るような声はみっともなく掠れていて、今自分は目前の女に弱みを晒しているのだと嫌でも認識させられた。

「辛いものですよね。性別関係なく、弱い方が一方的に踏みにじられる様を見るのは」

クラウディアは静かに同意した。

どこにも力みのないその声に、シグリッドは深々と息を吐いた。

彼女は理解している。容赦ない暴力に喘《あえ》ぐ弱き者を目の当たりにした時の苦痛も、苛立ちも、嫌悪も、憎悪も何もかも。

シグリッドは剣を握る者だ。

ジスランを討つより前から賊の討伐などで幾人もの命を奪ってきた。

戦いの中で相手を斬り捨てる行為に忌避感を抱いたことは一度もない。

あれは、互いの命をかけて互いの行動の是非を問う行為だ。

だがジスランのあれは違う。あれは、あんなものは――。

「ですが、それは私たちには当てはまりません。私と陛下は、これから先の長い人生を共に歩んでいく同志なのでしょう？　私が一方的に陛下に踏みにじられることはありませんし、私が陛下を踏みにじることもありません」

クラウディアが続けて言ったその言葉に、シグリッドは笑い出したくなった。

これから先の長い人生を共に？

踏みにじることはない？

俺を騙している癖に、と激しい怒りが湧き起こる。

身代わりの分際で、よくそんなことが堂々と言えたものだ。

だが怒りをそのままぶつければ、正体を看破していると相手に伝えることになる。

「……それは本当にお前の本音か？　それともそんな風に言えばいいと、大司教に教えられてきたのか」

嘲笑が伝わったのだろう、クラウディアはシグリッドの背中に回していた腕をほどき、今度はシグリッドの両頬に手を当てた。

額と額を合わせるようにして、じっとこちらの顔を覗き込んでくる。

距離が近いせいで、灯《あか》りがない中でも顔がはっきり見えた。

美しい青が視界いっぱいに広がる。シグリッドは息を呑んで彼女の言葉を待った。

「もちろん本音よ。覚悟を決めてきたと言ったでしょう？　私はこの国で生きて死ぬ。王妃の責任だとか度量だとか、そういうのは正直分からない。それでも――」

冬の晴れた空に似ているとかつて感じた瞳は、燃え滾《たぎ》るような決意をたたえ、まっすぐにシグリッドを射抜いた。

「あなたの隣で、あなたの妻として最後まで精一杯生きて死ぬ。そう心に決めてきたの」

「……ッ！」

シグリッドは衝動的に彼女の顎を掴み、唇を塞いでいた。

接吻《せっぷん》するのも初めてだったが、言い知れぬ激情が、未知の行為への躊躇《ためら》いをやすやすと上回った。

触れた唇は少し冷たく、そして柔らかかった。

突然の口づけに驚いたのだろう、クラウディアは身を固くしたがそれも一瞬で、大人しくシグリッドに身を委ねてきた。

今更ながら彼女が何も身に着けていないことを実感し、身体の芯が熱くなる。

触れ合うだけではまるで足りなくて深く唇を食《は》めば、薄く口が開いて中に招かれた。

このまま全部食らい尽くしてしまいたい。

子ができようが構うものか。覚悟を決めてきたというのなら――。

(もう俺のものだ……！)

シグリッドの弱さを包もうとする偽りの優しさも、苛烈さを帯びた覚悟も何もかも、全部腹の中に収めてしまえば、これほど心が乱されることはきっとない。

焦燥に追われながら舌を絡め、吸い上げる。

初めは戸惑っていたクラウディアも、おずおずと舌を動かし、シグリッドの真似をし始めた。舌の表面を擦り合わせる度、腰が重く痺れる。

互いの粘膜が触れ合っている。ただそれだけのことに、どうしようもなく昂《たかぶ》った。ずっと食事を味わう為だけにあった器官が、これほど性的なものだとは思ってもみなかった。

「……んぅ、っ、んっ」

甘く蕩《とろ》けた女の声が鼓膜を震わせる。

口づけでは物足りなくなり、乳房に手を這わせた。弾力のある膨らみを、最大限の手加減をしてゆっくり弄《いじ》る。指が沈む感触に心臓が早鐘を打つ。

ツンと尖《とが》った乳首に指が掠めた時は、熱い吐息が勝手に漏れた。早く、早く、と焦れて唸る内なる獣を抑え込み、シグリッドができる精一杯で可愛がる。

欠片《かけら》も残さず食べてしまいたいだけで、壊したいわけではないのだ。彼女が少しでも嫌がったり痛がったりすれば、シグリッドの欲はあっという間に冷めただろう。

「どうして欲しい？」

口づけの合間に小さく尋ねる。

クラウディアはしばらく黙ってシグリッドの唇を甘噛みしていたが、やがて思い切ったように囁いた。

「胸も、舐めて。あと、下も触って」

カッと頭が熱くなる。

純朴で無垢な少女が大人になり、いやらしく身をくねらせ男を誘っている。

感じたのは失望ではなく、堪えようのない欲望だった。

シグリッドは手早く寝衣を脱いで裸になると、身体をずらして白い乳房にしゃぶりついた。同時に手を伸ばし、股の間を探る。そこは油ではないものでぐっしょり濡れていた。

最初に触った時は分からなかったが、こんもりとしたそこには割れ目があった。とろとろとした蜜がその割れ目から溢れてきている。

媚肉を指でかき分け、上下に滑らせれば、彼女は背中を反《そ》らせて白い喉を晒した。

「…はぁ、あ、ッ、」

淫猥《いんわい》な色をたたえた喘ぎ声に、背筋がぞくぞくする。

シグリッドの男根は完全に勃ち上がっていた。

口に含んだ乳房を吸い上げ、舌先で尖った蕾《つぼみ》を左右に弾《はじ》く。味などするわけがないのに、たまらなく甘かった。どれだけでもしゃぶっていられそうだ。

男たちが女の胸を気にする理由がようやく分かった。ただの脂肪の塊なのに、と不思議に思っていた頃には戻れる気がしない。

クラウディアは懸命に声を押し殺しているが、激しく感じていることはよく分かった。

腰はびくびくと跳ね、両手はシグリッドの首にきつく巻き付いている。離さないと言わんばかりのその力が、シグリッドの欲情を更に煽《あお》った。

火照った秘部を潤す蜜はとめどなく滴り、敷布まで染みてしまっている。

胸を舐めしゃぶりながら媚肉を弄り回しているうちに、穴の在りかが分かった。

穴の周りをくるくると指でなぞると、もどかしげに細い腰が揺れる。

一体どういう構造なのだろう。熱に浮かされながらも気になって、ぬるぬると滑る柔らかな肉を探っていく。

すると穴の上に方に小さなしこりのようなものが見つかった。ぷくりとしたそれを指先で軽くつついただけで、クラウディアは堪えきれないようにすすり泣いた。

「痛いのか？」

慌てて指を引こうとしたが、彼女は太腿をきつく擦り合わせ、シグリッドの手を引き止めてしまう。

「ちがうわ。気持ちよすぎて、どうしていいか、分からないだけ」

途切れがちに紡がれた声は色っぽく、はっきりと彼女が発情していることを伝えてくる。

ぐっとせり上がってきた射精感に、シグリッドは懸命に耐える羽目になった。

「入れて……もう、入れて、いいから」

涙と欲望に濡れた声でクラウディアはねだった。

「こんな小さな穴にか？」

「だって、もう、切ないんだもの。これ以上、おかしくなるのは、こわい」

むずかる彼女の愛らしさに頭がくらくらする。

乞われるまま貫きたくなったが、どう考えても大きさが合わない。

「お前を痛めつけたくない」

小さな耳に口づけ、舐めながら囁く。

「怖いのは、気持ちいいからだな？　辛いわけじゃないな？」

クラウディアは何度も小刻みに頷いた。

嘘ではないことを祈るしかない。すでに大嘘《おおうそ》をついている彼女にそんなことを願っても仕方ないのだが、正直な気持ちだった。

シグリッドは一旦身体を起こすと、クラウディアの股の間に座り、両腿を抱え上げた。あらわになった秘部は暗闇でよく見えない。

ただ先ほどたっぷり触ったお陰で大まかな造りは分かっている。

背中を丸め秘唇に食らいつけば、彼女は「やぁっ……だめ、やだぁ」と身を捩《よじ》って悶《もだ》えた。喘ぎ声が甘いことを確認しながら、蜜を滴らせる穴に舌先を押し込む。

固い指より舌で解した方が痛くないだろうと思ったのだ。

ぐ、ぐ、と中を突いたり、入り口をぐるりとなぞったりする度、彼女は腰を跳ねさせ、子猫のように啼《な》いた。

始めは硬かった蜜口が次第にやわくなっていく。そろそろいいかと指を差し込むと、するりと根元まで飲み込まれた。指先を軽く曲げ、膣壁を押し広げるように擦る。

ぎゅうと指先を締め付ける肉の艶《なま》めかしい動きに、腹につきそうなほど勃起したものから先走りが滴るのが分かった。

泣いてよがるクラウディアにはもう、声を抑える余裕がないらしく、半開きになった唇はこぼれた唾液でいやらしく濡れている。

「おねが、い、もう、入れて、おねがい…っ」

蕩けきった青い瞳と視線が合う。

昼間は澄んでいた明るい瞳が、今は淫靡《いんび》な色をいっぱいにたたえシグリッドを求めていた。

強烈な誘惑に、微かに残っていた躊躇《ためら》いは全て消えた。

ばきばきに膨れ上がった男根を手に握り、角度を合わせて膣穴に押し当てる。

散々解して柔らかくなった入り口は、それでもかなり狭かった。

これまで経験したことのない凄《すさ》まじい快感が、押し込んだ部分から全身に駆け巡る。

一気に貫き、激しく腰を振りたい――本能的で暴力的な衝動を抑え込むのは至難の業だったが、シグリッドは耐えてみせた。

じりじりと腰をすすめ、時には軽く引き、時間をかけてクラウディアを壊すことなく最奥に辿《たど》り着《つ》く。ぴったりと根元まで収めた時には、汗だくになっていた。

それは彼女も同じで、はあはあと荒い息を吐きつつ、互いを抱き締め合う。

「ちゃんとできましたね……うれしい」

クラウディアは掠れた声で呟《つぶや》き、ぎゅう、とシグリッドの背中に回した腕に力を込めた。

縋るようなその抱擁に胸が詰まり、苦しくなる。

彼女が落ち着いたのを見計らってゆるゆると腰を動かした。

拓《ひら》かれたばかりの彼女の中は狭かったが、たとえようもなく気持ちがよかった。

いきり立った怒張をきつく締め付けてくる感触に、先端を包み込むように口づける最奥の弾力に、シグリッドは夢中になった。

「すまない、少し激しくする」

細い腰を両手で摑んで抽挿を速めれば、クラウディアは「口を塞いで」と頼んできた。

「こんな声、あなた以外に、きかれたくない」

甘えが滲んだ官能的な声に、たまらず覆《おお》い被《かぶ》さる。

深く唇を合わせ、舌を絡めながら柔らかな身体を衝動のままに貪った。

かろうじて残った理性をかき集め、射精する寸前で腰を引く。

最後は彼女の股の間に膨れ上がった剛直を挟み、強く擦り立てた。

しばらく処理できなかったせいで溜まっていたらしく、射精は長かった。

びゅくびゅくと白濁を吐き出している間、クラウディアはくったりした手でシグリッドの背中を撫《な》でていた。

吐精しきると、全身の力が抜ける。

女と肌を合わせるのは、これほど無防備な行為だったのか。

ジスランが耽《ふけ》っていたあの唾棄すべき行為と同じことをしたとはとても思えず、白昼夢でも見たような気持ちになった。

そのままクラウディアの上に倒れ込みたい気持ちを堪えて、ぐっしょりと濡れた敷布を外す。

暗闇の中でも敷布に濃い染みがあるのは見えた。破瓜の印だ。

クラウディアが処女であることはシグリッドには分かったが、これで大司教も満足するだろう。

軽く身づくろいを済ませてから幾重にも重なった織布を押し分け、司祭たちが求める証を寝台の外に放り投げる。

敷布が床に落ちた途端、途切れることなく流れていた祝詞がぴたりと止まった。

静かな足音が近づいてきて、敷布を拾い上げる気配がする。やがて寝室の扉が開かれ、パタリと締まった。

足元に積まれていた毛布を広げ、着替えを済ませて裸ではなくなったクラウディアと自分に掛ける。

「疲れただろう。もう寝よう」

シグリッドはそう言って、仮初の妻となった女を抱き寄せた。

寝台は広く、身を寄せ合わせる必要はどこにもないのに、無意識のうちにそうしていた。

彼女が偽物だとか、中で出さなかったことを怪しまれたかもしれないだとか、今はもう考えたくない。

肩が凝るばかりの社交、そして初めての房事にシグリッドは疲れ切っていた。

「おやすみなさい」

クラウディアの労《いたわ》りに満ちた声を最後に、シグリッドの意識は途切れた。

第四章　近づく距離と募る想《おも》い

結婚式の翌朝――。

アメリアは、こちらを抱き込むようにして眠っているシグリッドをそっと見上げた。

滑らかな黒髪を指で梳《す》けば、端整な顔があらわになる。

本当に綺麗な顔だ。

綺麗といっても、女性的なところはまるでない。整った造作のせいでそう思うのだろう。

今は閉じている灰褐色の瞳がどれほど情熱的な光を宿すのか、アメリアは昨夜知ったし、
寝顔が存外あどけないことは今知った。

大聖堂の祭壇前で花嫁を待つシグリッドを見た時、六年前の青年だとすぐには分からなかった。

昔の彼はもっと線が細く、いかにも良家の子息といった風貌だったが、現在のシグリッドに過去の彼が備えていた若者特有の青さはない。

辛酸を舐めてきた者が持つ凄《すご》みのある影が、彼の美貌を鋭く際立たせていた。

式典用の白い軍服に身を包んだ彼は軍神の化身のようで、逞《たくま》しくも均整の取れた長身にただ圧倒された。

気づけばぼんやり見惚れてしまいそうになる己を叱咤《しった》し、式に集中する。

ヴェールを上げてその端整な顔が間近に迫った時は、流石に緊張した。

どうか気づかれませんように、と祈りながら視線を合わせる。

彼はまじまじとアメリアを見つめたが、それはほんの数秒で、その後は式の進行に合わせて淡々と事を済ませていった。

六年前のことなど、すっかり忘れてしまったのだろう。

これで見破られる心配はなくなったが、どうにも寂しい気持ちになった。

アメリアにとっては記憶に残るやり取りでも、彼にとっては違ったらしい。

花嫁に対する関心がまるでないことにも、内心落胆した。

結婚宣誓書に記入する際、彼はアメリアに名前を書かせなかった。ただブレスコット王家の娘と書くだけでいいと耳打ちしてきたのだ。

――ブレスコットの王族であれば、相手は誰でもいい。

シグリッドの意図が強烈に伝わるやり方に、自分でも意外なほど傷ついた。

彼とならいつか互いを慈《いつく》しみ合う関係を築けるのではないか。身代わりの政略婚という現実から目を背け、そんな甘い夢を見ていたのだと否応《いやおう》なく思い知らされる。

その後の祝宴でも、シグリッドは終始淡々としていた。

何とか会話を弾ませようと勇気を出して話しかけてみたが、そっけない返事しか戻ってこない。悄然《しょうぜん》としたアメリアの背中を、デイジーはそっと擦《す》ってくれた。

このままだと初夜も相当気詰まりなものになる。それでも、やり切るしかない。

アメリアは国王の寝室に入る前、部屋の前で待機していた司祭の一人に黙って木箱を渡した。大司教に言い含められていたのだろう、司祭はすぐに小さく頷くと「枕の下に置いておきます」とだけ言って下がった。

不安と緊張でいっぱいになったアメリアだったが、自分以上に余裕がないシグリッドを見て、逆に冷静になった。悲惨な結果を迎える前に、行動に出るしかない。

そうして奮闘した結果、張り型を使うことなく初夜の儀を終わらせることができたのだ。

シグリッドが中に出さなかったことは気になったが、子を成すのは国内情勢が落ち着いてからの方が良いと思っているのかもしれない。

「――……ん」

それまで静かに眠っていたシグリッドが、眉根を寄せて低く呻く。

アメリアは慌てて手を離し、目を瞑って眠った振りをした。

嫌な夢でも見ているのだろうか。それとも単に寝苦しいだけ？

出会ったばかりのアメリアには何も分からない。

やがてシグリッドは目を覚ましたらしく、ぎくりと身を強張らせた。

アメリアの身体に回していた腕を慌てて解き、上体を起こす。

彼が寝台を下りて部屋を出て行くまで、一分もかからなかった。

着替えはどこでするつもりなのだろう。せめて、朝の挨拶だけでも交わしたかった。

アメリアはそろそろと目を開けて部屋に誰もいないことを確認したあと、彼の温もりが残る毛布をぎゅっと抱き締めた。


その日の午後、クラウディアはシグリッドに呼ばれ、執務室へと赴いた。

彼は終始冷静な態度で、これからの生活について説明した。

「――あなたは何もしなくていい。食堂でも自室でも、好きな時に好きな場所で食べるといい。俺のことは気にするな。不足があれば、ここにいるリーンハルト伯爵夫人か宮内卿に相談してくれ。不自由な思いをさせるつもりはない。不満があったら隠さず伝えて欲しい。俺からは以上だ。他に質問は？」

張りのある低音できびきびと話し終えたシグリッドは、執務机の上で両手を組み、アメリアを見上げた。

「何もしなくていい、と仰いますが、では、私は何をして過ごせばいいのでしょう？　お手伝いできることがあれば、教えてください」

何もする必要はないと言っても、探せば何かしらあるのではないかと期待を込めて尋ねてみる。だがシグリッドはそっけなく首を振った。

「何もない。好きなことをして過ごしてくれ。その日のうちに城に戻れる範囲であれば外出してもらっても構わない。護衛はつけるが、それは本国でも同じだっただろう？」

まるで挑むように確認される。

アメリアは彼の挑発的な眼差しを不思議に思いながら、「そうですね。分かりました」と答えるしかなかった。

「他にないのなら下がってくれ」

「はい。では失礼します」

すごすごと執務室を辞したアメリアを気遣ってくれたのは、共に部屋を出てきたリーンハルト伯爵夫人だ。

「王妃陛下にお時間がおありなのでしたら、庭で茶会を開いてはどうでしょう？　ちょうど薔薇《ばら》が盛りを迎えておりますし、良い気晴らしになるのでは、と」

臣下である彼女の方から、王妃を茶に誘うことはできない。

助言という形で歓談の場を設けようとしてくれた夫人に、アメリアは快く頷いた。

「それは素敵ね。では、準備をお願いしても？　リーンハルト伯爵夫人」

「もちろんです。それから私のことはどうぞ、ユーリアと」

「分かったわ、ユーリア。私のことも名前で呼んでくださる？　王妃陛下、なんてとてもよそよそしいんですもの」

「まあ、ふふっ。光栄ですわ、クラウディア様」

ユーリアは面映《おもは》ゆそうに微笑むと、「では早速申し付けて参ります」と言い残し、立ち去っていく。

ユーリアの夫であるデニス＝リーンハルトは、近衛騎士団をまとめる団長であり、シグリッドの幼馴染でもある。彼らと親しくなれば、シグリッドとの思い出話を聞かせてもらえるかもしれない。

準備が整えば呼びに来てくれるというので、一旦私室に引き上げることにする。

部屋に戻って二人きりになった途端、デイジーは表情を険しくした。

「式の翌日にいきなりお茶会だなんて、早急過ぎませんか？　姫様が疲れていることは察せそうなものですのに。こちらの事情を探ろうとしてのことかもしれません」

「そんな風には見えなかったけど……でもそうなのかしら」

今になって軽はずみ過ぎたかと不安になる。

「とりあえず、私は王太子殿下に知らせてきます。殿下なら、何かあっても上手く場を取り繕ってくださるはずですから」

デイジーを見送ったあと、アメリアはソファーに腰を下ろし、背もたれに身体を預けた。

王太子は明日、ブレスコットへ戻る。

彼がいるうちにシグリッドと親しい者には全て会っておいた方がいい。

味方になり得る相手か、それとも警戒すべき相手かを見極める良い機会だ。

しばらくして、王妃付きのメイドが茶会の支度が整ったことを知らせにきた。

アメリアはデイジーが呼んできた王太子の腕に手をかけ、薔薇園の中にあるという東屋《あずまや》へ向かった。

東屋でアメリアを待っていたのは、ユーリア一人ではなかった。

なんと彼女の隣には、夫であるデニス＝リーンハルトが立っていたのだ。

王太子はアメリアを庇うように一歩前に出て、デニスと対峙《たいじ》した。

「これはこれは。騎士団長殿まで来てくださるとは思いませんでした。何かと忙しい時期でしょうに、妹の為にありがとうございます」

「とんでもない。今やクラウディア様は、我が国の王妃陛下でいらっしゃいます。王妃陛下が城で開く記念すべき初めての茶会なのですよ。何をおいても参加して、その栄誉に預からなくては」

二人ともにこやかな表情を浮かべているが、目は笑っていない。

【サロン・ステラ】で毎日様々な客を見てきたのだ。彼らが腹の探り合いをしていることはすぐに分かった。

分からないのは、これが彼らの通常通りのやり取りなのか、それともクラウディアの正体を巡ってこうなっているのか、ということだ。

女性陣が席につくのを待って、王太子とデニスも腰を下ろす。

給仕はデイジーが卒なくこなしてくれた為、アメリアは上品な仕草で茶を飲むことに集中することができた。

王太子が庭の見事さを褒め始めたので、アメリアもそれに同意する。旅の疲れは出ていないかと案じるユーリアには、このあとお昼寝をするつもりだと答えた。

和やかな雰囲気のまま終わりそうでホッとした直後、デニスが茶目っ気を含んだ視線をアメリアへ向けた。

「それにしても、安心しましたよ。六年前にお目にかかった時とは、まるで別人のように明るくなられましたね。今だから言えますが、あれほど繊細な王女様では、うちへ来る道中で倒れてしまうのではないかと冷や冷やしていました」

デニスはそう言って、じっとアメリアを見つめた。

「それは……」

「まるでそうなった方がよかったと言うように聞こえるな」

戸惑うアメリアが答える前に、王太子が冷ややかな声で割って入る。

デニスは目を丸くして、両手を挙げた。

「まさか！　そんな物騒なこと、思うはずがありません。さすがに穿《うが》った捉え方ではありませんか？」

「クラウディアは元々人見知りをする性質でね。十代の頃はまだそれを克服できずに本人も苦しんでいた。怪しげな滋養薬を服用していたのも、身体を強くし、気を強く持とうとしてのことだったと聞いている。最近ようやくこうして人と明るく話せるようになったのだ。妹の努力の賜物《たまもの》を揶揄するような発言は慎んでもらいたい」

毅然《きぜん》とした口調で言い切った王太子に、胸が熱くなる。

嘘をついてでも従兄妹を守ろうとする彼の頼もしさに、アメリアは瞳を潤ませた。

「いいのです、お兄様。六年前はリーンハルト伯の仰る通り、ろくに挨拶もできなかったのですもの。彼が不安に思うのも無理はありませんわ」

兄の腕に手をかけて言うと、彼はアメリアの手を取り、優しく握った。

「あんな風に怯える羽目になったのは、君のせいじゃない。生まれた時から隣国に嫁ぐと決まっていた君が感じてきた重圧は、私も分かっているつもりだよ。好きに生きていいと言えなかった不甲斐ない兄を、どうか許して欲しい」

本当はクラウディア本人に伝えたかった言葉なのだろう。

そしてきっと、アメリアにも。

国の事情に巻き込んで済まないと、王太子は言っている。

心からの謝罪が浮かぶ彼の瞳を見つめ、アメリアは万感の思いを込めて「もちろんですわ」と答えた。

兄妹のやり取りを黙って見守っていたデニスが、「ああ……なるほど」と呟く。

それから「そうですね、私の言い方が悪かったです」とアメリアに軽く頭を下げた。

「そんなつもりはなかったとはいえ、ご不快にさせてしまって申し訳ない」

「いいえ、とんでもない。以前の私との違いに驚かれる方は、リーンハルト伯以外にも多くいることでしょう。これからの行動で、皆さまの不安を取り除いていくしかないと思っております」

アメリアが本音を口にすると、デニスは嬉しそうに目を細めた。

「ははっ、陛下と同じことを仰《おっしゃ》いますね」

「まあ、そうなのですか？」

「ええ。北部諸侯について、陛下も同じことを仰ってました。これから民の為の政治を行うことで王にふさわしいことを示したい、と」

個人的にはさっさと征伐した方が早いと思うんですけどね、と片目を瞑ってみせたデニスに、思わず微笑んでしまう。

「とてもご立派な考え方だと思います」

アメリアの返事に、デニスは真剣な表情に戻った。

「ええ。不器用だけど、いい奴《やつ》なんです。今まで苦労してきた分、これからはうんと幸せになって欲しいと思ってるんですよ」

そう言って彼は、再びアメリアをまっすぐ見つめた。

シグリッドを害するつもりがあるのなら、許さない。

そんな気迫が伝わってくる彼の視線を、正面から受け止め、見つめ返す。

「私も陛下には幸せになって欲しいと思っておりますわ、リーンハルト伯」

皆が息を詰めて見守る中、先に表情を緩めたのはデニスだった。

「それじゃあ、王妃陛下も今日から私とユーリアの仲間、ってことで！　一緒に陛下を守っていきましょう！」

人懐っこい笑みを浮かべて言い放ったデニスに、真っ先に反応したのはユーリアだった。

「あなたって人は……！　黙って聞いていればさっきから、陛下にもクラウディア様にも失礼なことばかり！　せっかくクラウディア様と親しくさせて頂ける機会だったのに、勝手に押しかけて台無しにするなんて、幾らあなたでも許さないわよ⁉」

ユーリアはデニスの耳をむんずと摑み、ぎりぎりと抓《つね》り上げながら叫んだ。

「いでででで、悪かったって……！　ちょ、それ止めて、耳が取れちまう！」

「大人しくしてるって言うから同席を許したのに……。人の注意を毎度聞き流す耳なんていらないでしょう⁉」

「いや、いるよ！　いるに決まってんだろ！」

わあわあと言い合う夫婦に、アメリアも王太子も、そしてデイジーもあっけに取られた。

やがて王太子がくつくつと笑い始める。

「そうか、リーンハルト伯の弱点は奥方だったか。それはいいことを知った」

「……いやもう、忘れてください」

真っ赤になった耳を押さえて、デニスがしょんぼり肩を落とす。

飼い主に叱られた大型犬さながらのその姿に、アメリアとデイジーも笑ってしまった。


翌日アメリアは、最後までこちらを案じながら馬車に乗り込んだ王太子を見送った後、デイジーと共に王城を散策することにした。

城の規模は大きく、敷地内には多くの建物がある。それら全てを見て回るだけでも、数カ月は暇を潰せそうだ。

侍女を一人連れただけの軽装で、ふらふらとあちこちを彷徨《さまよ》う王妃の姿は人目を引いたらしく、日を重ねるごとに足を止め、アメリアを見守る者が増えていく。

一カ月を過ぎる頃には、すっかりアメリアは城内で働く者達に受け入れられていた。

王妃様、王妃様、と彼らは嬉しそうに声をかけてくれる。

衛兵や畑番、庭師や料理人などと交わす世間話が、アメリアは好きだった。彼らは地に足をつけて、日々を懸命に生きている。そんな彼らと話していると、自分もそうありたい、と決意を新たにできるのだ。

下々の者にも態度を変えず優しく接する王妃の噂は、あっという間に広がったらしく、宮内卿には「とても素晴らしいお心がけです」と褒められ、宰相には「いずれは慰問などにも出て頂けたらありがたいです」と期待を寄せられた。

シグリッドの代になって王宮に出入りする貴族の面子は大きく変わったそうだ。

お陰で、ブレスコットからやってきた新参者の王妃を邪険にする者に出会ったことは一度もない。

体制が変わったばかりで、皆それどころではない、というのが正直なところなのだろう。

それでも貴族社会にありがちな陰険な余所者虐《いじ》めがないことは、とても有難かった。

日毎に支持者を増やしていくアメリアを見て、デイジーは「こ、これがあの【サロン・ステラ】仕込みの人心掌握術……！」と感心しているが、そんな大層なものではない。

それに一番摑みたい人の心は、全く摑めていなかった。

「――せっかくリーンハルト伯が仲間に入れてくださったけれど、私はどうやら陛下に嫌われてしまったみたいだわ」

結婚して二カ月が経ったその日。

アメリアは、抱えていた悩みをついに吐露した。

場所は、中庭の東屋。愚痴をこぼした相手は、デニスとユーリアだ。

結婚式の翌日にここで集ってからというもの、『国王陛下を幸せにする会』という名目の茶会が週に一度は開かれている。

「どうしてそう思うんです?」

心配そうに眉をひそめたユーリアをよそに、デニスが無邪気に尋ねてくる。

「今日で結婚して二カ月になるのに、まだ一度も食事を一緒にして頂けないの。陛下が召し上がる時を教えてください、とも言ってみたのだけど『俺のことは気にしなくていい』と言われてしまったし……。それに夜も私が眠ったあとじゃないと寝室に来てくださらないし、起きる時分にはもういらっしゃらないし……」

一つずつ理由を挙げていく度、心が沈んでいく。

愛し合う夫婦にはなれないとしても、せめて気楽に話せる友人くらいにはなりたいと思っていた。だがどうやら、それすらシグリッドには許してもらえそうにない。

「ええっ!? じゃあ、初夜以来、一度も抱かれて……いでで、痛いですよ、ユーリアさん!」

「痛くしてますのよ、デニス様」

今度は太腿を抓り上げられたデニスが、顔を顰めながら痛む箇所を擦っている。

「そうなの。抱かれるどころか、指一本触れられてないの」

「クラウディア様も！　こんな陽の高いうちから何を仰っているのです！」

真っ赤になったユーリアの非難に、デイジーが大きく頷き同意している。

「陽が落ちたら、話していいの？　普通の夫婦がどれくらいの頻度でするものなのか、知りたかったのだけど……」

アメリアの呟きに、デニスは思いきり噴き出し、ひいひい笑っている。

「よそはよそ！　何の参考にもするべきではありません」

ユーリアは、笑い転げるデニスの脇腹に拳を突き入れて悶絶《もんぜつ》させたあと、真剣な表情でアメリアに向き合った。

「陛下は今、北部諸侯との最終交渉を控え、多忙を極めておられます。決してクラウディア様を蔑《ないがし》ろになさっているわけではありません」

「蔑ろにされていると思ってはいないわ。お忙しい中、私のことで煩わせたくないとも思うの。ただ、ほんの少しだけでいいからお傍にいさせてもらえたらと……」

シグリッドとの仲を深めようにも、現状では遠くから姿を垣間見るくらいのことしかできないのだ。せめて一日に一度でいいから顔を合わせて会話したいと願うのは、贅沢《ぜいたく》なのだろうか。

「いや～、健気だなぁ。王妃様は陛下のことが大好きなんですね」

大好き、という指摘に、アメリアは戸惑った。

初恋だった昔の彼と、現在の彼には大きな隔たりがある。

確かにもっと仲良くなりたいとは思っているが、恋をしているのかと問われれば首を捻らずにいられない
今も変わらず好きだと確信するには、あまりにも彼のことを知らなかった。

「好きになれたらいいと思うわ。これからずっと一緒にいるんですもの」

「ずっと一緒に、ね……」

デニスは繰り返すと、真面目な顔で続けた。

「政略婚なんだからと割り切る人が多い中、王妃様のその純粋さは貴重だと思いますよ。ブレスコットの国王夫妻はよほど仲睦《むつ》まじいのですね」

アメリアは返事に詰まった。

自分の考え方は王女らしくない、と遠回しに指摘された気がして怯んだのだ。

「そんな顔しないでください。俺は王妃様がそういう人でよかったと思ってますから」

デニスは苦笑し、「それなら、色んな方向から攻めてみるのはどうです?」と提案してきた。

「あの朴念仁を動かすのなら、控えめにアピールするだけじゃ駄目ですよ。今の段階で全く脈なしなら、これ以上悪くなることもない。果敢に攻めていきましょう!」

「そ、そうね……」

全く脈なし、という下りにぐさりと胸を抉《えぐ》られる。

ユーリアはぷるぷる震えながら夫の話を聞いていたが、ついに限界を迎えたらしい。

デニスの手からカップを取り上げ、にこりと笑った。

「貴重な助言をどうもありがとう。ですが、ここまでで結構ですわ。陛下への作戦は私とクラウディア様で立てますから、職務にお戻りになって？」

「え、なにその敬語。なんで怒ってんの？」

ユーリアはすっくと立ちあがり、不思議そうに瞳を瞬かせるデニスの腕を摑んで立たせると、東屋の外へと押し出した。

「怒ってなどおりませんわ。他国から嫁いできたばかりでただでさえ心細い年下の奥方をこんな風に寂しがらせる陛下にも、悩んでいらっしゃる王妃様のお心を更に傷つける言葉を平然と選ぶ騎士団長殿にも、ええ、何も怒ってなどおりませんとも」

「うわ、めちゃくちゃ怒ってる！　言い過ぎたのなら、ごめん。あと陛下にも色々事情があるというか——」

「言い訳は結構！　速やかに立ち去りなさい！」

ユーリアにきっぱり引導を渡されたデニスは、アメリアに「ほんとにすみません、でも応援してるのは本当ですから」と言って去っていった。

嵐のような一幕に圧倒され、目を丸くするアメリアの前に、清々《すがすが》しい表情を浮かべたユーリアが戻ってくる。

「それで、具体的な作戦についてなのですが」

何事もなかったかのように元の話題に戻したユーリアに、デイジーが堪らず噴き出す。

くすくす笑うデイジーにつられて、アメリアも笑ってしまった。

そんな主従を見て、ユーリアが目元を和ませる。

やがてデイジーは我に返ったらしく、笑みを引っ込め、慌てて頭を下げた。

「大変申し訳ありません。失礼しました」

「いいのよ、気にしないで。私、あなたとも仲良くなりたかったの。ブレスコットの子爵令嬢でいらっしゃるのよね。デイジー様とお呼びしてもいいかしら」

「とんでもない！　私は王妃様の侍女です。どうかデイジーと」

「では、デイジー。あなたも是非協力してね。陛下には是非、クラウディア様の素晴らしさを分かって頂きましょう！」

拳を握って張り切るユーリアの言動は、デニスにそっくりだ。

「ええ、もちろんです！　うちの姫様は繊細ですけど、一度こうと決めたら絶対に譲らない根性の持ち主ですからね。きっと成し遂げてくださるはずです」

デイジーの返答に、従姉妹の泣き顔を思い出す。

確かにクラウディアはそうだった。

泣いたり気絶したりと弱さばかりが目立ったが、結局最後まで国王の命令に抗《あらが》った。

結果として王女の身分を捨てるという初志を貫き通したのだから、大したものだ。

方向性は真逆だが、アメリアも決して折れまいと勇気づけられる。

「殿方へのアプローチでよく聞くのは、胃袋を摑む作戦かしら。陛下は甘いものはお好きではないですし、執務の隙間に軽く摘まめるような軽食を差し入れしてみるとか？」

ユーリアの提案にデイジーはうんうん、と頷く。

「いいと思います！　温かなお茶を飲むだけでもホッと一息つけますし」

二人の優しさに感謝しながら、アメリアも思考を巡らせた。

「寝る前に香を焚《た》くのはどうかしら。神経を休める作用のあるものを選べば、ぐっすり眠れると思うの。マッサージを加えれば、更に効果的だわ」

【サロン・ステラ】に通う客の中には、不眠を患っている者もいた。

彼らが求めていたのは、甘い戯れではなく添い寝だ。娼妓たちは彼らを安らかな眠りに誘うべく、様々な工夫を取り入れていた。

アメリアもよく試験台になったものだ。お陰で安眠を得る為の知識には詳しい。

「まあ、それも素敵ですわね。陛下の就寝時間が遅いのであれば、クラウディア様もお昼に仮眠を取るなどして、起きていられるように頑張ってみるとか……」

「そうね、そうしてみるわ」

三人で作戦を立てているうちに、アメリアはすっかり前向きな気分になった。


お茶会の翌日――。

鉄は熱いうちに打てとばかりに、アメリアは料理長に厨房《ちゅうぼう》を貸してもらえないか頼みに行った。

「他ならぬ王妃様の頼みですからね。よければお手伝いさせてください」

嬉しそうな料理長と、エプロン持参で駆けつけてきたユーリア。そしてデイジーの四人で早速試作に取り掛かる。

「手が汚れずに済むものがいいと思うの」「一口で食べられるサイズも大事では？」などと話し合いながら、甘くないマフィンや小さなパンを焼いてみることにした。

その日の夜、アメリアは久しぶりにすぐに眠ることができた。

静まり返った広い寝室に一人きりでいるのが心細くて、寝台の上に横たわったはいいものの、なかなか寝付けない日々が続いていたのだ。

だがその晩は、どんな軽食なら気に入ってもらえるだろうとあれこれ考えているうちに、いつの間にか眠ってしまっていた。

これなら……！　と思うものが出来たのは、厨房に通い始めて三日目のことだ。

ベーコンとチーズを混ぜ込んだ一口サイズのマフィンと、素朴なバターの味がほんのり広がるシンプルで小ぶりの丸パンを皿に盛り、茶のポットと共にトレイに載せる。

「喜んでくださるかしら」

そわそわと落ち着かないアメリアに、ユーリアは頼もしく請け負った。

「きっと気に入ってくださいますわ。陛下のお好きな銘柄のお茶ですし、マフィンやパンもとっても美味《おい》しいんですもの」

本当は自分で運びたかったが、流石にそれは許されない振る舞いだろうと、給仕に慣れたデイジーに任せる。

執務室の扉をノックするとすぐ、「誰だ」と低い声が返ってきた。

「クラウディアです。今、少しよろしいでしょうか？」

よし、と気合を入れて名乗ったが、部屋の向こうは沈黙に包まれた。

何とも言えない静けさが辺りに広がる。

見かねたユーリアが口を開こうとしたところで、扉が突然開いた。

シグリッドの美しい切れ長の瞳が、剣呑《けんのん》な光を宿してアメリアを捉える。

彼はユーリアとトレイを持ったデイジーに視線を移すと、一体何なんだと問うように再びアメリアを見た。

鋭い視線に気圧《けお》され、頭の中で考えてきた言葉が全て吹っ飛んでしまう。

「え、っと、あのお茶を持ってきましたの」

かろうじて絞り出したアメリアの言葉に、シグリッドは眉根を寄せた。彼はトレイの上の茶器と軽食をちらりと見遣り、はぁ、と息を吐いた。

「頼んでない。持って帰ってくれ」

拒絶に満ちた短い返答に、すぐには声が出てこない。

固まったアメリアの代わりに憤然と口を開いたのは、ユーリアだ。

「恐れながら、それはあんまりな仰りようではありませんか？　せっかくクラウディア様が陛下の為に作ってくださいましたのに……」

「二度言わせるな。俺は頼んでいない。それと――」

シグリッドはユーリアを見据え、「そこまで彼女に肩入れしろとは頼んでいない」と続ける。

信じられないと言わんばかりに目を丸くしたユーリアが、更に何か言い返そうとするのをアメリアはそっと制した。

「お忙しい時に大変失礼いたしました」

シグリッドの時間を取った詫びを最後まで言い終える前に、扉はバタンと閉じられる。

再び静まり返った廊下で、アメリアはしばらく立ち竦《たすく》む羽目になった。

差し入れ作戦は失敗だ。だが、最初からそう上手くいくはずもない。

懸命に自分に言い聞かせ、どこまでも落ち込みそうな気持ちを立て直す。

もしかしたら、連日の激務で気が立っていたのかもしれない。次は他の作戦を試してみよう。

それより今は、ユーリアとデイジーを気遣わなくては。連日協力してくれた彼女たちもさぞ落胆していることだろう。

何とか普段通りの表情を拵《こしら》え、二人の方を向く。

「ごめんなさい。失敗してしまったわ」

笑ったつもりだったが、上手くいかなかった。

彼女たちの瞳がみるみるうちに潤んでいく。

「せっかく作ったんですもの、冷めないうちに三人で食べてしまいましょう？　ね？」

二人が泣き出す前に、と慌てて提案する。

このまま厨房に戻れば、きっと料理長も悲しい気持ちになる。

そう思ったアメリアは、執務室からそう遠くない自室に場を移すことにした。

移動の間は押し黙っていたユーリアだが、三人きりになった途端、顔を顰めて言い放った。

「なんなんですか、あの態度。陛下のことはずっと尊敬してきましたが、初めてその気持ちが揺らぎましたわ」

悔しくてたまらないと歯噛《はが》みするユーリアに、デイジーが「分かります」と目を据わらせる。

「王太子様に定期的に報告の手紙を送れと言われているのですけれど、今度の手紙はとっても長くなりそうですわ」

「デイジー、やめて。お兄様を不安にさせたくないわ」

「ですが姫様、ブレスコットの威信にもかかわる問題です。我が国の王女を娶っておきながら、明らかに蔑ろにしているのですもの！」

デイジーの憤りの半分は、不当なものだ。

アメリアはゼーフェラングが望んだ正当な王女ではない。

そこまで考え、アメリアはふと気づいた。

(私が本物の王女ではないから、シグリッド様は気に入らないのかもしれないわ。どれほど気を配っていても、育ちが滲《にじ》み出ているのかも)

もしもそうならば、アメリアの努力でどうにかなるものではない。

ひたひたと押し寄せる絶望から目を背け、まだそうと決まったわけではないと心を奮い立たせる。

アメリアは気にしていないというように微笑み、首を振った。

「蔑ろも何も、酷いことはされていないでしょう？　私が勝手に押しかけたのが悪かったのよ。仕事の邪魔をされれば、誰だって苛立つものだわ」

懸命にとりなそうとするアメリアを見て、二人は痛ましげに顔を曇らせた。

「……陛下はああ仰いましたが、私はクラウディア様の味方ですわ。どうか忘れないでくださいませね」

やがてユーリアがぽつりと言った。

出会って間もないというのに、ここまで心を寄せてくれる人がいる。それだけでもとても幸せなことだ。

「ええ、ありがとう。あなたの信頼に応えられるよう頑張るわ」

アメリアは心からの感謝を込めて、クラウディアの手を握った。


翌日からもアメリアの奮闘は続いた。

寝室で安眠を誘う香を焚いてみたり、遅くまで起きてシグリッドの帰りを待ってみたり。

起きて自分を待っているアメリアを見つけたシグリッドは、これ以上ないほど重い溜息を吐き、その後は完璧に存在を無視した。

取りつく島もない冷ややかな態度でさっさと寝台に入ると、アメリアに背を向け、掛け布を頭まで被ってしまう。

立派な体軀《たいく》を持った二十六歳の成人男性が蓑虫《みのむし》そっくりの姿で眠るのを見て、少し……

いや、かなり溜飲《りゅういん》が下がったことはデイジーにも言っていない。

恒例の茶会でデニスにシグリッドの好きなものを聞いてみたところ、『剣を振ること』という返事がきたので、木刀を用意してもらえないかと尋ねてみた。

いつか直接シグリッドと打ち合えたら楽しいだろうと思ったのだ。

「陛下の趣味を知って、その結論に結びつくところがすごいですね」

デニスは呆《あき》れているのか感心しているのか分からない口調で言ったが、アメリアの願いは叶えてくれた。

今では毎朝、デニスに教わった型で木刀を素振りするのが日課になっている。

あの手この手を駆使し、何とか夫との接点を持とうと奮闘し続けてはいるが、今のところ何の成果もない。

ないどころか、ますます嫌われている気さえする。

（仕方ないわ。私はシグリッド様が望んで娶った妻じゃないんですもの。国同士の約束を破るわけにはいかないから仕方なく結婚したのに、やってきたのは庶子の方だなんて。気の毒なのはシグリッド様の方よ。いつか気を許してもらえる日がくると信じるだけだわ）

アメリアはそう割り切り、気長に構えていたのだが、現状に耐えきれなくなったのはシグリッドの方だった。

北部諸侯との最終交渉は決裂に終わった──その知らせは王妃であるアメリアのもとにも届けられた。

国内全ての諸侯から忠誠を勝ち取ろうとしていたシグリッドには、辛い結末だ。

これから先はいかに彼らを粛清し、新たな諸侯と挿《す》げ替《か》えるか、という話になる。

そうデニスは説明してくれた。

「まあ、王妃様はどんと構えててくださいよ。勝ち目は圧倒的にこっちにあります」

騎士団長である彼がそう言うのなら、きっと大丈夫なのだろう。

それでも不安は完全には消えてくれない。

「安全な場所から陛下のご無事を祈るしかないのが辛いわ。ユーリアもでしょう？」

デニスが去ったあと、残ったユーリアに声を掛ける。

彼女は気丈に微笑み、「私は慣れておりますから」と答えた。

「一応今回も戦勝を祈って剣帯に刺繡《ししゅう》をするつもりですが、討伐対象となったのはアルトナー伯とトレイル侯だけですもの。きっとすぐに終わりますわ」

ユーリアが挙げた叛徒《はんと》の中にシグリッドの母方の実家の名はなく、ホッと胸を撫で下ろす。

「陛下が彼のお祖父《じい》様と戦うことにならなくて、本当によかった」

「まあ、そんなことまでご存じでしたか」

「ええ。ゼーフェラング王家の家系図は、一通り覚えてきたから」

アメリアの返答に、ユーリアは感嘆の息を漏らした。

「そうまで努力してくれる王妃がどれほど得難いか、陛下も早くお気づきになられたらいいのに」

「努力ではどうにもならないこともあるわ」

一年以上にも及んで説得を続けた北部諸侯が、結局国王との決裂を選んだように、シグリッドもアメリアを無視したまま、いつか真に愛する娘を娶るかもしれない。

そうなったとしても、アメリアに帰る場所はないのだ。

お飾りの妃として、ゼーフェラングで生きていくしかない。

このままではすっかり悲観的になりそうだ、と話題を変えることにする。

「その戦勝を祈る刺繍というのを、私にも教えてもらえないかしら？」

ユーリアはパッと瞳を輝かせ、嬉しそうに頷いた。

「もちろんです。では、明日からご一緒しませんか。安定紙には王家の色である濃紫を選んで、それに銀糸で刺繍すると映えるかもしれません」

「素敵ね。私も刺繍自体は嗜み程度にはできるけれど、革に刺繍するのは初めてだし、意匠も分からないの。あなたに負担をかけてしまうことになるけれど……」

「どうかお気になさらないでください。慣れてしまえば簡単ですわ。クラウディア様と毎日過ごせる理由にもなりますし、私は大歓迎です」

頑張りましょうね！　と張り切るユーリアに温かな気持ちになりながら、その日の茶会は終わった。

用意した剣帯をシグリッドが喜んで受け取ってくれる場面は全く想像できないが、すげなく拒否されても傷つくまい。無事を祈る気持ちを込めて刺繍することが大切なはずだから、と心の中で自分に言い聞かせながら部屋に引き上げる。

そうして自室の前まで来たところで、アメリアは驚きに足を止めた。

「陛下……？」

扉を塞ぐように立っていたシグリッドはアメリアに気づくと腕組みをほどき、冷ややかな視線を向けてくる。

「少しでいい。話せるか」

「はい。デイジー、お茶を――」

「長居するつもりはない。構わないでくれ」

アメリアは、すぐに頷いた。何の話なのかは予想もつかないが、多忙なシグリッドの時間を奪うわけにはいかないと思ったのだ。

心配そうなデイジーには「部屋へ戻っていていいわ。お話が終わったら知らせるから」と言い置き、自室に入ってシグリッドを招き入れる。

彼は窓際まで歩み寄ると、くるりと踵《きびす》を返してこちらを見据えた。

「一体、何を企《たくら》んでいる?」

切れ長の美しい瞳は苛立ちで鋭く尖っていた。

久しぶりに会えたと思ったら、これだ。

楽しい話をしにきたわけではないことは、アメリアを待っていた時の険しい顔から察していたが、いきなり喧嘩腰で問い質されるとは思わなかった。

「お言葉の意味が分かりかねます」

アメリアは臆さず、まっすぐ彼の視線を受け止めた。

数秒見つめ合ったあと、シグリッドは忌々しげに眉根を寄せた。

「リーンハルト伯爵夫人のみならず、重臣たちまで味方に引き入れて、何のつもりだ、と聞いている。俺のところにわざわざ茶を運んできたり、夜遅くまで起きて待っていたり。リーンハルト伯には剣を教えて欲しいとねだったそうだな」

アメリアは唖然とした。

彼との距離を縮める為に取った行動が、シグリッドに不審を抱かせたのだ。

こんな皮肉があるだろうか。

襲ってくる徒労感に耐えながら、アメリアは気力を振り絞って反論した。

「卿たちを味方に引き入れるだなんて、そんなつもりはありませんわ。リーンハルト様には基本の型を教わりましたが、それも一度だけです。いずれ上達したら、陛下の気晴らしに付き合えるのではないかと、そう思って――」

「それで？　そうやって俺たちの懐《ふところ》に入り込んで、何をするつもりだ」

「……本当に何を仰《おっしゃ》っているのか分かりません」

　アメリアは途方に暮れた。

　シグリッドは本気でアメリアを警戒している。それは分かった。

　だが、それが何故なのかが分からない。

　ブレスコットがアメリアを通して、ゼーフェラングを内部から崩そうとしているとでも言うのだろうか。それとも身代わりに気づいている？

　王宮の奥に引き籠り、滅多に人前に出ようとしなかったクラウディア王女と、積極的に交流を広げようとしている今の自分では、確かに別人のように思えるだろう。

　だがもし疑うのならば、これほど回りくどい言い方をせず、前評判との違いを指摘すればいい。

　唇を引き結んで考え込むアメリアに、シグリッドは舌打ちした。

「もういい。お前がそう言うしかないのは分かった」

　彼は失望の滲んだ声で吐き捨てると、そのまま部屋を出て行こうとする。

『そう言うしかない』とは一体どういう意味なのか。

分からないことがまた増えて、アメリアは混乱した。

今日までの数カ月、傷つく度に腹の底に押し込め、見て見ぬ振りをしてきた憤りが一気に込み上げ、ぱちんと弾ける。

「一体、私に何を言って欲しいの？　本当に何も企んでなんかいないわ。自分が骨を埋める国に居場所が欲しいと願ってはいけない？　少しでも自分の夫の為に、あなたの為に、何かしたいと思ってはいけない⁉」

我慢できずに、そう叫ぶ。

シグリッドはぴたりと足を止め、アメリアのもとへ戻ってきた。

大股で近づいてくる彼の顔には激しい憤怒が浮かんでいる。殺気さえ感じるその剣幕に思わず後退《あとずさ》ったが、逃げる間もなく引き寄せられ、ぐい、と顎を摑まれた。

シグリッドは強引にアメリアの顔を自分に向けると、強い光を宿した瞳で射抜いた。

自分の放った言葉が彼の逆鱗《げきりん》に触れたのだ、と理解した時、彼はゆっくり口を開いた。

「……俺に何かしたいのなら、今後一切、俺の視界に入るな」

冷たい拒絶に満ちた低い声に息を呑む。

ジンと痺れた胸に、遅れて鋭い痛みが走った。

怒鳴られたわけでも、ぶたれたわけでもないのに、それ以上の衝撃を受ける。

何とか耐えようと、アメリアは胸をきつく押さえた。

やがてシグリッドはアメリアから手を離すと、今度こそ足早に部屋を出て行った。音を立てて閉まった扉を呆然《ぼうぜん》と見つめているうちに、全身の力が抜け、その場にへたり込んでしまう。

『今後一切、視界に入るな』――シグリッドの声が耳奥で何度も繰り返された。

真っ白になった頭に、かつての彼の面影が浮ぶ。

『買ったつもりはない。これはお守りだ』

親しみの籠った柔らかな声で、彼はそう言った。

確かにあったことなのに、あの時の声がどうしても思い出せない。

『お前がいつか自由になって、ゼーフェラングに来られるように。夢が叶った暁には、祈念に何か買うといい。髪飾りくらいは買えるはずだ』

そう言って、彼は優しく笑った。

アメリアの未来を寿《ことほ》ぐ笑顔は、あれほど冷ややかで鋭くはなかった。

逃げ込んだ回想からようやく現実に立ち返る。

六年前の彼にもう一度会いたかったのだ、とアメリアは今になって気づいた。

シグリッドと仲良くなりたかったのは、王妃としての地位を固める為でも、明るい未来を摑みたいからでもない。

アメリアはただ、もう一度『銀貨の君』に会いたかった。

親しくなればきっと、あの時のように笑い合って話せると愚かにも期待していた。何年かかってもよかった。シグリッドの心に入れてもらえるのなら、何年かかっても。

だが、決してそうはならない。

シグリッドはアメリアを視界に入れたくないほど、嫌っているのだから。

「……っ、ふぅ、……っ」

握りしめた拳の上に、大粒の涙が次々と落ちて行く。

今頃デイジーは、さぞ気を揉んでいることだろう。早く呼んで、大した話ではなかった、と安心させてやらなければならないのに、足に力が入らない。

新たな王妃の為に用意された豪奢で広い部屋が、ぼやけた視界の中、ゆらゆら揺れる。

偽物の自分には過分な部屋だ、と改めて思った。


その日からアメリアは、国王の寝台に入ることができなくなった。

視界に入るなと言われた相手の隣で眠るのは、さすがに無理だ。

自室で休むことができるのならそれが一番いいのだが、湯あみをしたあとはメイドと護衛に付き添われ、国王の寝室へ行く。それが日々の決まりなのだ。

行きたくないと主張すれば、聞き入れてはもらえるだろう。

だがその代わり、一体何があったのかと周囲に質問攻めにされるのは間違いない。

特にデイジーには、シグリッドと会った際に泣いたことがバレている。血相を変えて詰め寄ってきたデイジーを宥《なだ》めるのは大変だったのだ。

宰相や外務卿たちも黙っているとは思えない。

アメリアが責められるにしろ、シグリッドが非難を浴びるにしろ、大騒ぎになるのは目に見えている。

北部に残存する叛徒を討つと決まった今、余計な負担をシグリッドに掛けたくない。

この期に及んでなお、アメリアは彼を嫌うことができなかった。

もしも自分に後ろ暗いところがなかったのなら、彼の一方的な態度に憤り、シグリッドがどうなろうが知ったことか！　と開き直ったかもしれない。

だが、現実は違う。

アメリアは、シグリッドをはじめとする多くの人を、死ぬまで騙し続けると決まっている。ユーリアはこのことを知ったら、どう思うだろう。優しく頼もしい彼女が失望をあらわにするところを想像するだけで、胸をかきむしりたくなる。

彼が頑《かたく》なな態度を取るのも、自分の嘘に気づいているからではないか、という疑念が消えない。

娼館の下働きの娘に見えただろうアメリアを、かつての彼は対等に扱った。

見下したり、嫌がったりせず、こちらの話に興味を示し、耳を傾けてくれた。

本当の彼はもっと優しいはずだと、過去のアメリアが声高に叫んでいる。

思い悩んだ末、国王の寝室へは今まで通り向かうことにして、部屋に入ったあとは隣接している広いクローゼットで寝ることに決めた。

立派な寝台の枕元には沢山のクッションが積み上がっている。一つや二つ借りたところで、シグリッドは気づくまい。

暗いクローゼットにするりと忍び込み、クッションを枕代わりにして小さく丸まる。

毛布がないのは少し辛い。風邪を引いたら皆に迷惑をかける、と手探りで辺りを探せば、大きな毛皮の外套《がいとう》が見つかった。シグリッドには悪いが、これを毛布代わりにしようと決め、寝転んだ上に掛ける。

外套からは、シグリッドの清潔な香りがした。

彼に抱き締められながら眠りについた初夜の記憶が胸を過ぎり、ぐ、と喉奥が熱くなる。

アメリアは歯を食いしばって深呼吸を繰り返し、込み上げる涙を逃した。

何とか持ち直した後、ガウンのポケットを探り、銀貨のペンダントを取り出す。

「おやすみなさい」

アメリアは銀貨に向かって小さく呟き、ぎゅっと握り込んだ。

【サロン・ステラ】に居た時は、いつもこうして眠ったものだ。

相手が人でなくとも、就寝の挨拶を声に出すだけで一日の区切りを付けられる。

当時は、『明日も良い日でありますように』とお守りに祈っていた。

王宮にあがると決まった時に首から外し、大切にしまい込んでいたのだが、やはり馴染《なじ》んだ感触が傍にあると心が落ちつく。

少し考えた挙句、今夜は『明日が良い日でありますように』と念じる。

王妃にふさわしい行いを積み重ねていけば、すでに犯してしまった罪を贖《あがな》うことができるかもしれない。

たとえそんな日が来なかったとしても、最後の一日までそう祈ろう、とアメリアは決めた。

◆◆◆

「――一旦休憩を挟もう。一時間後にまた集まってくれ」

シグリッドはそう言うと、軍議に参加している面々の反応を待たずに席を立った。

会議室を出て、行く当てもなく歩き出す。新鮮な空気を吸えば、気分がよくなるかもしれないと途中で思いつき、足をバルコニーに向けた。

城の二階から張り出す形で造られた空間に出た途端、初秋の涼やかな風が髪を弄《なぶ》る。

ひんやりした石造りの手摺《てすり》にもたれ、見るとはなしに城下に広がる景色を眺めていると、隣に人の気配を感じた。

「煮詰まってるねぇ。大丈夫か？」

自分を追ってきたらしいデニスが、適度な距離を空けて隣に並ぶ。

聞き慣れた幼馴染の軽口が、今はどうにも煩わしい。

だが国王の盾であり剣である騎士団長には、まともに向き合う義務がある。

「何も問題ない。思ったより時間がかかるかもしれないが、相手の居城に乗り込むことができれば、それで終わりだ」

最後まで恭順を示さなかったアルトナーとトレイルが選んだのは籠城戦だった。

彼らはどうやら正常な判断力を失っているらしい。地方の領主に過ぎない彼らが王国軍相手に籠城戦など、正気の沙汰ではない。自領の領民を人質に取ったつもりなのかもしれないが、まともに相手などしてやるものか。

己の意見を真面目に述べたシグリッドに、デニスはがしがしと頭をかいた。

「あー、違う違う。今度の討伐のことは何も心配してないよ。あいつらの城に乗り込む手筈は任せてくれ。すでに間者を何人か紛れ込ませてあるから。大軍を率いて攻めるつもりはないと言ってただろう？　少数なら手引きしてもらいやすいから、ちょうどいい」

流石の手腕に舌を巻くのと同時に、では何について『大丈夫か』と尋ねているのか分からなくなる。

「他に懸念事項があったか？」

「大ありだよ。我らが国王陛下が、寝室で寂しく独り寝しなきゃいけない羽目になってるんだぜ？　心配もするだろ」

「なっ……！」

シグリッドは絶句した。

何故それを、と問おうとして、ああ、こいつなら知っているか、と思い直す。

あの娘は、デニスや彼の奥方と仲が良い。

彼らに向かって、シグリッドが彼女にした仕打ちを嘆きでもしたのだろう。

「別に案じてもらう必要はない。ゆっくり眠れてせいせいしてる」

「そんなでかいクマ作っといて、よく言うよ。王妃様がどこで寝ているのか気になって仕方ない癖に」

図星を突かれ、シグリッドは再び返答に詰まった。

王妃の部屋へ赴き、自分に取り入ろうとする理由を問い質した日の夜から、彼女は寝室に姿を見せなくなった。

酷い言葉をぶつけた自覚はある。だが、どうしても我慢できなかった。

澄んだ瞳を輝かせ、未来への憧れを語っていた無邪気な少女はもうどこにもいないのだと、賢《さか》しらに振舞う王妃の姿が視界に入る度、思い知らされる。

シグリッドや重臣たちを平然と騙しておきながら、優美で堂々とした立ち居振る舞いと王妃らしからぬ気さくさで城の皆の心を摑んでいく彼女は、まるで魔女だ。

「いい加減正体を現わせ！」と更に詰問したい気持ちを堪え、彼女にものっぴきならない事情があるのだろう、と自分に言い聞かせたシグリッドに、あの娘は甘く優しいとびきりの毒を吐いた。

この国に骨を埋める？　俺の為に何かしたい？

本当は、そんなつもりなどない癖に。

いざとなれば尻尾を巻いてブレスコットに逃げ帰るのだろう？

残された者が、お前に騙された者が、どんな思いをするかなど考えもしないで。

本音を見事に隠しきり、真摯な表情で大嘘を吐けるのだから、大したものだ。

彼女が平然と嘘をつける人間だと知っているシグリッドですら、ほんの一瞬思ってしまった。本当にそうならいいのに、と。

何も知らないユーリアや宰相たちが騙されるも無理はない。

思い返してみれば、初夜の時もそうだった。

あの時はまんまと流されてしまったが、二度は同じ手に引っかかるものか。

憤りをそのままぶつければ、彼女は空色の瞳を苦しげに歪め、胸元をきつく押さえた。

激しい衝撃を懸命に耐えようとするその仕草に、シグリッドは虚を突かれた。

視界に入るなと凄んだところで、彼女なら顔色一つ変えず「それは無理かと」くらいは言うと思っていた。

だがシグリッドのその予想は、大きく外れた。彼女は明らかに深く傷ついていた。

現実を認識した途端、魔女に見えていた彼女が普通の娘に戻る。

今の自分はジスランと同じ真似をしているのではないか？ ──ふと浮かんだ疑念があっという間に胸に広がった。

耐えきれなくなったシグリッドは逃げるようにその場を去ったのだが、その後は全くと言っていいほど仕事に集中できなかった。

呆然と立ち尽くす王妃の姿が脳裏から離れない。

シグリッドは執務室で一人頭を抱え、深い溜息をついた。

今夜は早めに寝室へ行き、言い過ぎたと謝ろう。

その上で、無理にこちらに関わろうとしなくていい、自分の好きなことだけして過ごせばいいのだと、今度は冷静に話して分かってもらおう。

彼女はいつかこの国を去っていく。王妃らしく振舞えば振舞うほど、あとから皆が傷つく羽目になるのだと、上手く伝えることができればいいのだが……。

やる事を決めてしまえば、少しだけ気持ちが浮上する。

だがそんなシグリッドの計画は、早々に打ち砕かれることになった。

明け方近くまで待っても、彼女は寝室に姿を現さなかったのだ。

始めは、避けられているのだろうと思った。

王妃が王の寝室に行かなくなったと分かれば、宮内卿あたりが真っ先にシグリッドに忠言しにくるはずだと予想して、げんなりする。

クラウディアが偽物だということは、デニスにしか打ち明けていない。

重臣たちに話すのは、本物のクラウディアを見つけてからにしようと決めている以上、彼らからの説教は甘んじて受け入れるしかない。

面倒なことになったと悠長に構えていられたのも、最初の三日ほどだった。

四日目を過ぎた辺りから、どうにも落ち着かなくなってきた。

王妃が国王の寝室を避けているというのに、誰も何も言わないことがまず気になる。

ついで、彼女は本当に自室で眠っているのだろうか、という疑惑が湧いてきた。

王城内に特別親しい相手ができた可能性は捨てきれない。その人物の寝室で眠っているとしたら？　相手が女性ならばまだいいが、男だとしたら？

自分でも不思議なほど、彼女がどこで寝ているのか知りたくなったが、本人に直接問うことはもちろん、周囲に尋ねて回ることもできない。

八方塞がりの状況に苛立ち、上手く眠れないまま一週間が経っていた。

「――というわけだ。彼女が自室で休んでいるのなら問題はないんだが、何か聞いていないか？」

事情を簡単に説明し、情報を求めてみる。

それまで一言も口を挟まず、黙って話を聞いていたデニスは、真っ先に「お前ってやつは……」と呆《あき》れ返《かえ》った声を上げた。

「ろくに眠れないほど彼女がどこで寝てるか気になってるのに、それが何故なのか自分で分からないのか？」

「夜だけとは言え、王妃の所在が分からないんだぞ。気になるのが当たり前だろう」

「ああ、そうですか。まあ、俺でも気になるかもしれないな。よその男としっぽりやりながら、邪魔な亭主の暗殺計画なんて立てられたら面倒だし」

デニスの言い草に、ただでさえささくれた神経が激しく逆なでされる。

「いくらお前でも聞き流せない。発言を撤回しろ」

怒りをあらわにしたシグリッドに向かって、彼はへらりと笑った。

「よく言うよ。お前だって俺と同じ想像をしたんだろ？」

カッとなってデニスの襟首を摑《つか》み上げる。

いつもの彼ならば、両手を挙げて軽く謝ってきただろう。

ところがデニスはシグリッドの手を摑んで引き剝がし、静かにこちらを見据えた。

「あの子に他に行くところなんてない。仮にあったとしても、行かない方に俺は賭ける。

お前は？」

淡々とした口調だが、彼の眼差しには明らかな非難が浮かんでいる。

シグリッドはすぐに返事をすることができなかった。

どちらかはっきり断言できるほど、彼女のことを知らないのだ。

「お前の気持ちも分かるさ。現在進行形で自分を騙してる相手なんだ、憤《いきどお》りもするだろうし、警戒もするだろう。だけど、冷静に考えてみろよ。お前の記憶が確かなら、あの子は平民の娘だったんだろう？　そんな立場の人間に拒否権なんてあるか？　あの子が自ら王女の身代わりになることを望んだと、本気でそう思うのか？」

デニスの問いに、シグリッドはハッとした。

すっかり大人びたとはいえ、彼女はまだ二十二歳だ。

六年前には娼館の厨房で芋を洗っていた娘が、自ら王女の身代わりになろうと野望を抱いて老獪《ろうかい》に周囲を欺き、隣国の王妃の座を狙うだろうか？

やむを得ず引き受ける羽目になり、怯えながらやってきたと考える方が自然では？

デニスの指摘に、凝り固まっていた気持ちが解けていく。

あらゆる立場の人間に分け隔てなく接する彼女の優美な物腰を、シグリッドは魔性の現れだと思っていた。そうやって周囲を魅了し、取り込んでいくつもりなのだろう、と。

実際はそうではなく、単に新しい環境に溶け込もうと努力していただけだとしたら？

『自分が骨を埋める国に居場所が欲しいと願ってはいけない？　少しでも自分の夫の為に、あなたの為に、何かしたいと思ってはいけない⁉』

あの時の言葉は全て、本音だったとしたら――。

全身から血の気が引いていく。

彼女にはもう帰る場所がないのかもしれない、と思い当たり、シグリッドは低く呻いた。

たとえ身代わりが露呈してもブレスコットには戻れないのなら、彼女が懸命に本物の王妃らしく振舞おうとしていることにも説明がつく。

もしかしたら、本物のクラウディア王女はすでに亡くなっているのでは？

式の日取りまで決まっているのに、今更協定を解消するわけにはいかないと焦ったブレスコットが、何があっても騙しきれ、と言い含めて王女によく似た彼女を送り込んできた可能性もある。

「……王妃が何と言っていたか、教えてくれないか」

頼む、と懇願すれば、デニスはようやく雰囲気を和らげた。

「クローゼットで眠ってるってさ」

「……は？」

「驚くよな？　俺も聞き直した。それと、勘違いしてるとあれだから言っとくけど、姫さんはお前の愚痴なんて一言も零してないからな。まあでも、なんかこう動きがぎこちないなど思って、二人きりになった時にかまをかけてみたんだよ。『陛下に手加減するよう頼んだ方がいいですよ』ってさ」

デニスから夫婦の夜の行為について仄《ほの》めかされた彼女がどんな顔をしたか、シグリッドには想像もできない。親しくしているという話は聞いていたが、まさかそんな際どい軽口を叩くほどだとは思ってもみなかった。

自分のいないところで一体何を言っているんだと、拳を握り込む力が強くなる。

「おいおい、殺気立つなよ。他になんて言えばいいか思いつけなかったんだ」

デニスは慌てて弁明し、「とりあえず聞けって」と話を戻した。

「姫さんは、違う、クローゼットの中で寝てるからだって、こっそり教えてくれた。それから、誰にも言うなと口止めされたんだ。何かあった時の為に俺にだけは教えるけど、ユーリアや侍女にも言ってないから、って」

「……そんな……」

「どうしてクローゼットなんかで寝る羽目になったかについては、頑として口を割らなかった。今日お前に聞いてやっとわかったよ。そりゃそうなるはずだ。共寝の相手に『視界に入るな』とまで言われたらな」

冗談めかした口調だったが、彼の目は笑っていない。

自分がどれほど酷いことを言ったのか改めて突き付けられ、羞恥と自己嫌悪で胸がいっぱいになった。

全てを打ち明けて周囲の同情を引くこともできたのに、彼女はそうしなかった。

親しい人間に愚痴っているに違いない、と決めつけた自分はなんと愚かだったのだろう。

王妃の言動に対してシグリッドは、どこまでも穿った見方をしていた。

彼女の人間性を知ろうともせず、きっとこうだろうと思い込んできた。

「……色々助かった。今夜きちんと話してみる」

すまない、と喉元まで出かかった言葉は飲み込み、代わりにそう伝える。

シグリッドが謝る相手はデニスではなく、王妃だ。

「それがいい。仲直りできれば、そのでかいクマも消えるだろ。お前は気づいてなかったみたいだが、皆心配してたぞ。あと、これは俺の個人的な見解なんだが――」

デニスは前置きすると、シグリッドの肩を軽く叩いた。

「姫さんはきっとこの国の本物の王妃になる。大事にしといた方がいい」

本物の王妃とはどういう意味だろう。わけがわからず、瞬きを繰り返す。

だが真意を問い質そうとしたタイミングで、伝令が駆け寄ってきた。

「こちらにいらっしゃいましたか！　皆、すでに揃っております」

休憩の一時間はとうに過ぎていたらしい。

正直休めた気はしないが、それより貴重な情報が手に入った。お陰で気力は漲《みなぎ》っている。

「分かった、今行く」

　シグリッドは外衣を翻し、バルコニーを後にした。


　その日の夜。シグリッドは慌てて湯あみを済ませ、寝室へ急いだ。

　今日くらいはもっと早く仕事を終わらせたかったのだが、急な謁見願いが相次ぎ、すっかり遅くなった。この時間ではすでに王妃は休んでしまっているだろう。

　広い寝室は煌々《こうこう》と照らされ、静かに主人の帰りを待っていた。

　人の気配はなく、綺麗に整えられた寝具は誰もそこへは触れていないことを示している。

　シグリッドは燭台の炎を幾つか消して部屋の明かりを絞ると、そっとクローゼットに近づいた。本当にこんな場所に彼女はいるのか？

　どうにも信じがたい気持ちで扉を押し開ける。

　寝室の仄かな灯りが中に差し込み、クローゼットの入り口を照らした。

　百着以上の衣装が収納されているそこは、ちょっとした小部屋になっている。

　一体どこにいるのだろうと薄闇に目を凝らしながら進んでいけば、突き当りの壁を背に丸まっている物体を発見した。

　誰にも見つからないはずだ。

　奥にいけばいくほど、今の季節には使わない衣類が並んでいる。シグリッドの着替えを用意する従僕がやってきたとしても、見過ごしてしまうような場所に彼女はいた。

音を立てないように屈《かが》み込《こ》み、吊《つ》るされた衣装を押し分けてにじり寄る。

彼女のすぐ傍に辿り着いたシグリッドは、小さく息を呑んだ。

王妃は外敵から身を守るように背中を丸め、毛皮に顔を埋めていた。

暗さに目が慣れてくると、毛皮の正体がシグリッドの冬用の外套であることが分かる。

一国の王妃が、毛布代わりの外套にくるまり、硬い床の上で眠っている。

状況を把握したシグリッドの胸に、今まで感じたことのない類の激情が一気に込み上げてきた。

怒りでも悲しみでもない、これは一体、なんだ。

シグリッドは震える手を伸ばし、そっと彼女の髪を払いのけた。

白い頬が薄闇に浮かび上がる。目前に晒された無防備な寝顔に、ざわつき締め付けられていた胸が更に苦しくなった。

華奢《きゃしゃ》な手を子どものように口元で握りしめているのが見えた時には、たまらなくなった。

毅然と背筋を伸ばし、優雅な笑みを振りまいて、堂々と城内を闊歩《かっぽ》している王妃の姿はどこにもない。ここにいるのは、庇護《ひご》を失った寄る辺のない一人の娘だ。

——『いつか私も行ってみたいわ』

明るく澄んだ空色がどんな風に輝いたか、今でもありありと思い出せる。

自由を制限された少女が夢見た国は、彼女が憧れたような国ではなかった。

彼女を傷つけ、孤独を強い、こんな場所で小さくなって眠らなければならない国だった。

言葉にできないほどの圧倒的後悔に襲われる。

ジスランとお前と、一体何が違う。狂暴に吠《ほ》えるもう一人の自分が、シグリッドを容赦なく糾弾した。

かつてないほど打ちのめされたが、じっと蹲《うずくま》っている場合ではない。

彼女を一秒でも早く寝台に移さなければ。

起こさないよう細心の注意を払いながら、細い身体を抱え込む。

立ち上がろうとした瞬間、ぷらりと下がった白い手の中から、何かが落ちる音がした。

片手を伸ばしてそれを拾い上げ、ガウンのポケットに入れてから再びしっかりと抱き直す。

よほど疲れているのだろう。寝台に横たわらせ、本物の毛布で包んだあとも、彼女は目を覚まさなかった。

王妃の隣に座り込み、あどけない寝顔をじっと見下ろしてみる。

睫毛《まつげ》が細かいだとか、耳の形がいいだとか、そんなことを考えながらぼんやり眺めているうちに、あっという間に時間が過ぎていく。

いい加減寝なければ、と羽織っていたガウンを脱ぎかけたところで、先ほど拾ったものの存在を思い出した。

ポケットから取り出したそれは、ペンダントのようだった。

王妃が持つにしては、やけにシンプルな形をしている。

指でつまんで目の前に翳《かざ》したシグリッドは、あっけに取られた。

ペンダントだと思ったものは、ゼーフェラングの銀貨だった。

信じられない気持ちで、まじまじと見入る。どこにでもある、何の変哲もない、少し古びた見慣れた銀貨。

間違いない。彼女が握りしめていたのは、シグリッドがかつて贈ったお守りだった。

「……っ、く、そ……」

気づけば熱い涙が頬を滴っていた。胸を荒らし回っていた激情がついに溢れ、涙となってシグリッドの頬を濡らしていく。

彼女は覚えていた。シグリッドの顔は忘れても、六年前の邂逅《かいこう》を形にして大事に残していた。

どんな思いでこれを握って眠ったのだろう。

冷たい夫の理不尽さを詰《なじ》りながらだといい。罵ってくれた方がまだいい。

だがきっと違うのだろうという確信が消えない。

王妃の手にペンダントを握らせ、そっと隣に横たわる。

デニスはああ言ったが、結局その日もシグリッドは明け方まで眠ることができなかった。

第五章　あなたでなければ

アメリアはその日、久しぶりに心地よい目覚めを迎えた。

ゆっくりと浮上していく意識の中、滑らかな手触りのクッションに頬を擦りつける。

身体を受け止める適度な弾力のある床は柔らかく……柔らかく？

「えっ……!?」

アメリアはパチリと目を見開き、跳ね起きた。

何度瞬きしても周囲の景色は変わらない。

昨夜も確かにクローゼットの隅で眠ったはずなのに、何故か今は寝台の上にいる。

しばらく呆然としたあと、慌ててお守りを探す。

右手にしっかり握ったままであることに気づいてホッとしたのも束の間《つかま》、サーッと蒼褪《あおざ》める。

アメリアを国王の寝台に運ぶことができるのは、シグリッドただ一人だ。

寝過ごしたわけではない、と置時計を見て確認する。クローゼットに従僕が入ってシグリッドの着替えを用意する時間まで、まだ一時間以上ある。

「……リーンハルト様ね」

アメリアは低く呟き、額を押さえた。たとえば火災や地震など、予測できない突然の非常事態に備え、彼にだけは所在を明かしておこうと思ったのが間違いだった。

デニスにとって『誰にも言わないで』という頼みは『ただし国王以外の』という注釈がつくのだろう。

「寝台に運んでくださったってことは、気が変わったのかしら」

二度と視界に入るな、と言い放った相手をわざわざ探したのだから、悪意によるものではないと信じたい。

もしかしたら、言い過ぎたと後悔しているのでは――。

そこまで考え、ふ、と自嘲の笑みを刷く。

何度突き放されても、こうして性懲りもなく期待を抱いてしまう自分に呆れる。

おそらくシグリッドはデニスに咎められ、仕方なくアメリアを探したのだろう。

「どちらにしろ、もうクローゼットでは眠れないわね」

今夜からどこで休んだものか、と思案しながら寝台を下りる。

だがアメリアの悩みは、その日の昼過ぎに解決することになった。

「えぇ。以前、陛下に差し入れに行かれたでしょう？　あれをもう一度ご所望だそうです」

「――お茶を？　私が？」

聞き間違いかと問い返したアメリアに、デニスはにこりと微笑みかけた。

昼食後、ユーリアと共にサロンへ赴いたアメリアは、明るい光が差し込む窓際のスペースに陣取り、剣帯の刺繍に取り組んでいた。

そこへやってきたのが、デニスだ。

刺繍の進捗は順調だった。毎日コツコツ進めてきた甲斐あって、昨日からようやく縫い取りに入っている。複雑な意匠では間に合わないだろうから、とユーリアが提案したモチーフはオダマキだった。紫のオダマキの花言葉は『勝利』だと聞いて、アメリアはすぐに賛成した。何枚もデザイン画を描いて、ああでもない、こうでもない、と悩んだ挙句、ようやく納得のいくものができた。

本音を言えば、完成するまで他のことに時間を取られたくない。シグリッドが北部に出立するまで、もうあまり時間がないのだ。受け取ってもらえるとは思っていないが、今のアメリアができることはもう他にない。

クローゼットで眠っていた件について話したいのなら、夜でもいいのに。

朝起きた時から、今夜はシグリッドと顔を合わさなくてはいけないと覚悟していた。

「……今からではお茶請けは用意できないわ。何の準備もしていないんですもの」

手にしていた刺繍用の針を針山に戻して答えたアメリアに、ユーリアも「そうですわ」と加勢する。

「いくら陛下とはいえ、勝手が過ぎます。以前ご自分が断ったことをお忘れになったのかしら。クラウディア様にも予定がおありになるんですよ。お茶が飲みたいのであれば、メイドを呼べばよろしいでしょう」

「まあ、そう言うなって。陛下も陛下なりに考えたんだろうからさ」

デニスはユーリアを宥めると、アメリアに再び視線を戻した。

「お茶請けなんてなくていいんです。王妃様じゃなくちゃ駄目なんでしょうから、ここは一つ、俺の顔に免じてお願いします」

「私のお願いは聞いてくださらなかったのに？」

軽く睨み、ちくりと嫌味《いやみ》を言ってやる。

デニスは「いやー、あれはほんとすみません」と明るく謝罪し、「ではうちの奥さんの顔に免じて！　この通りです」と両手を合わせる。

「こんな時だけ私の名前を出さないで」

ユーリアは顔を顰めたが、騎士団長にここまで言われて断ることはできない。

「分かりました、すぐお持ちします」

アメリアは小さく嘆息し、立ち上がった。

執務室の前まで付き添ってくれたデイジーに「ここでいいわ、ありがとう」と告げ、茶器の乗ったトレイを受け取る。

平然として見えるように振舞っているが、実は緊張と不安でいっぱいだった。

手が震えてしまわないよう力を込めて、扉を叩く。

「入ってくれ」

中から入室を許すシグリッドの声が聞こえた時は、知らずと詰めていた息が漏れた。

内心の動揺を押し隠し、扉を開けて中に入る。

普段はいるはずの記官たちの姿が見えない。あらかじめ人払いをしていたのかもしれない、と思い当たり、胸が重く沈んだ。

彼と二人きりになるのが怖いのだと、ここにきて自覚する。

またあんな風に厳しく問い詰められ、容赦なく跳ねのけられたら、今度こそ心が折れてしまいそうで怖い。

早々に用件を済ませて出て行こう、と決め、シグリッドが執務机の上を片付けるのを黙って見守る。やがて空けられた場所に、アメリアはトレイを載せた。

「すぐお飲みになりますか？」

「ああ、頼む」

短い会話を交わしたあと、アメリアはポットから保温カバーを外し、用意してきたカップに茶を注いだ。

湯気を立てる茶器を、慎重にシグリッドの前に置く。

これで彼の要望は果たした。あとは、話を聞くだけだ。

机から一歩下がり、じっと佇《たたず》む。まっすぐ背を伸ばし、顔を上げなければ、と思うのに、僅かに俯いたままの姿勢から動けない。

沈黙を破ったのは、シグリッドだった。

彼は立ち上がると、アメリアに向かって頭を下げた。

「あんな言い方をすべきではなかった。本当にすまない」

視界に、彼の後頭部が飛び込んでくる。

アメリアはひ、と息を呑んだ。

国王は決して誰にも頭を下げない。口で詫びることはあっても、頭を下げることは許されていないのだ。どれほど自分が悪くとも、相手が対等な他国の王であっても。

王が戴く冠は、国の威信を示している。その冠を自ら落とすことはあってはならない。

そんな考えから生まれたのだろう、国王がその頭を垂れるのは戦で敗れた時だけだと、平民育ちのアメリアでも知っていた。

シグリッドが王妃に頭を下げたなどと、誰かに見られたら事だ。

「やめてください、そんなことなさらないで！」

アメリアの悲鳴混じりの声に、彼はゆっくり身体を起こした。

こちらを見つめる灰褐色の瞳には、深い後悔が浮かんでいる。

「この程度の謝罪ではまるで足りない。私はお前を守らねばならなかったのに、守るどころか手酷《てひど》く傷つけ、追い詰めた。あの時の発言は撤回させてくれ。これからは、可能な限り俺の目の届く範囲にいて、健やかに過ごして欲しい」

シグリッドは本気だ。

それは彼の表情や声色からよく伝わってくるのに、すぐには返事ができない。

この一週間で一体何があったのだろう。

頑なに凍っていた彼の心が変わるようなきっかけが、どこにあったのか分からない。

驚き過ぎて何も言えないでいるアメリアを見て、彼は苦しげに瞳を歪めた。

「……もう、遅いだろうか」

迷い子を思わせる弱々しい声に、ハッと我に返る。

アメリアは慌てて首を横に振った。

「そんなこと……！　とてもありがたいお申し出だと思います、でも――」

「でも？　他には何が足りない？　お前に許してもらう為なら、何だってする」

シグリッドが真剣な表情で畳みかけてくる。

アメリアが靴を舐めろといえば、苦悩しながらも最終的には舐めそうな勢いに気圧される。

「いえ、あの……何かあったのでしょうか。たとえば、父から何か言ってきた、とか」

シグリッドの態度に我慢しきれなくなったデイジーが、王太子に現状を訴える書状を送ったのかもしれない。アメリアが邪険に扱われていると知った王太子が、ジョルジュ国王に抗議するよう進言し、結果国王が動いた可能性はある。

「いや。ブレスコットは何も言ってきていない。そもそもあり得ないだろう？　俺がお前に辛く当たっていたことを、お前は誰にも言っていないはずだ」

やけに確信に満ちた言い方は不思議だったが、シグリッドの言葉は間違っていない。

「そうですね。では、何故？」

シグリッドはアメリアをじっと見つめた。

美しい灰褐色の瞳に浮かぶ感情は、複雑過ぎて読み取れない。

ただもう彼はアメリアを敵視していない。それだけはよく分かった。

「愚かなことに俺はデニスに指摘されるまで、お前が誰一人味方のいない国へ放り込まれたことを忘れていた。俺が見かけた時のお前は、いつだって楽し気に堂々と振舞っていたから、辛いことなど何もないのだと思い込んでいた。……そんなわけないのにな」

ぽつりと付け加えられた一言に、彼が抱いている慚愧《ざんき》がぎゅっと固まっている。デニスが何を言ったのかは分からないが、どうやらシグリッドは本気でこれまでの態度を悔いているらしい。

悄然としたシグリッドの姿に、空恐ろしいほどの罪悪感が湧いてくる。

謝らないで、とアメリアの心は悲鳴を上げた。

あなたの抱いた疑心や警戒は、何も間違っていない！　そう叫ぶことができたら、どんなにいいだろう。私はあなたを、この国を騙している大嘘つきなのだと、そう懺悔《ざんげ》できたらどんなにか。

ただのアメリアだった頃なら、きっとできた。

だがクラウディア王女となった今の自分の肩には、ブレスコットの未来が乗っている。ブレスコットがゼーフェラングを騙したと分かれば、ただでは済まない。

己の心を楽にする為だけに、母国の民を危険に晒すことはできなかった。

「どうかご自分を責めるのはやめてください。私が至らぬことは、自分でも分かっています。ですが、これから努力します。何年かかっても、何十年かかっても、いつか陛下から信頼して頂けるよう――」

真実を告白できないのならせめて、と口にした決意を、最後まで言い終えることはできなかった。

シグリッドが堪えきれないように両手を伸ばし、アメリアをかき抱いたのだ。

「そんなに思いつめなくていい。俺の傍で毎日心安らかに過ごしてくれたら、それでいい」

大切な壊れ物であるかのように抱き締められ、囁かれる。

驚いて固まったアメリアの背中を、シグリッドは何度も優しく撫でた。

まるでもう大丈夫だ、何も心配いらないとそう語り掛けてくるような彼の大きな手に、喉奥が痛くなる。

堪えきれず、アメリアは嗚咽《おえつ》を漏らした。

前回とはまるで違う安堵の涙が、とめどなく溢れてくる。

アメリアが泣いていることに気づくと、シグリッドはアメリアの頭に頬を寄せた。

「……泣くな。お前に泣かれるのは、ひどく堪える」

困り切ったその声に、泣きながら笑ってしまう。

すっぽりと囲い込まれた腕の中は、どこより安全な場所のように思えた。

アメリアも思い切って腕を伸ばし、彼の広い背中に回してみる。

シグリッドは一瞬固まったが、すぐに力強く抱き締め返してくれた。

六年前の彼が見せた優しさに、ようやく触れることができた。

懐かしさと歓喜が、アメリアの胸を浸していく。だが同時に、いいようのないもどかしさにも襲われた。

クラウディアではなく本当の自分としてここに立てていたのなら、実は昔一度会ったことがあるのだと打ち明けることができたのに、とそう思ってしまったのだ。

シグリッドは驚くだろうか。それとも、考え込むだろうか。詳しく話せば、思い出してくれるかもしれない。思い出したら、どんな顔をするだろう。

決して現実にはならない想像が、次々と勝手に浮かんでくる。

アメリアはシグリッドの胸に顔を埋め、切なく胸を締め付ける「もしも」の話を振り切った。


その日を期に、アメリアとシグリッドの関係は大きく変わった。

一番変わったのは、就寝前の過ごし方だ。

これまでアメリアが何をしようが無視を貫いてきたシグリッドが、今では寝室に入ってくると真っ先にアメリアを探す。

「待たせたな。今日はどんなことをして過ごした?」

彼は柔らかい眼差しでアメリアを包み、必ずそう尋ねるようになった。

「昨日と同じです。午前中は城内を散策して、午後からはユーリアと刺繍をしました」

「そうか。進捗はどうだ?」

寝台に入ってきたシグリッドは、肘を立てて横臥《おうが》の姿勢を取ると、話の続きを促す。

眠る前にこうして向かい合って話すようになってから、十日が経った。

寛《くつろ》いだ寝衣姿のシグリッドは、やけに無防備で色っぽい。日中の凛々《りり》しい軍服姿とのギャップで、余計にそう感じてしまうのかもしれない。

始めは直視できず顔を覆っていたのだが、その度彼に「顔を隠すな」と手を外されてしまう為、アメリアは開き直ることにした。頰が赤くなるのは、彼があまりに恰好《かっこう》良過ぎるからだ、と。

ようやく最近見慣れてきたが、こちらを見下ろす灰褐色の瞳の甘さには、これからも慣れる気がしない。

「明後日には完成するかと。陛下の出立に間に合いそうでホッとしております」

「途中経過を見せてはくれないのか？」

「まあ、まだ諦めていないのですね。きちんと完成したものを見て頂きたいのですもの、こればかりは頷けません」

シグリッドは剣帯の刺繡にとても興味があるらしく、未完成でいいから見せて欲しい、と毎回頼んでくるのだ。

「王妃は意外と頑固だな」

シグリッドは眉間に皺を寄せ、文句を言った。

彼の口調には近しい者への親しみが籠っていて、知らずと頬が緩んでしまう。

「ええ。一度こうと決めたら、少々のことでは諦めない性質なんです」

「俺もそうだ。似た者同士ということなら、意見がぶつかる度に我慢比べになるな」

シグリッドは愉快そうに答えると、「俺は負けないぞ」と付け足した。

「刺繍の件でしたら、私の勝ちですわ。陛下に私の部屋を徹底的に探す暇があるのなら別ですが、完成するまで隠しておきますもの」

「分かった。では、その件は譲っておこう。代わりに俺がどうしても譲れないと言い張った時は、流されてくれ」

寝物語代わりの他愛《たあい》ない願いだ。

素直に頷いてもよかったが、これ以上彼に嘘を吐きたくない。

「考えておきます」

アメリアの返事に、シグリッドは苦笑し、「本当に手強《てごわ》い」と零した。

「私の一日は話しましたわ。次は陛下の番です」

「俺も特に変わらないな。午前中は各地から届いた報告書を読んで、決裁が必要なものには返事を送った。午後からは、軍議だ。どうやらデニスの仕込みが終わったらしい。出立は三日後と決まった。ギリギリだったな？」

シグリッドがからかいを帯びた口調で締めくくった内容に、目を見開く。

彼はアメリアの頬に手を当て、優しく言った。

「大した戦じゃない。王国の北端まで行く羽目にはなるが、春までには戻ってくる」

自分では気づかないうちに、不安げな表情を浮かべていたらしい。

アメリアはシグリッドの手に自分の手を重ね、ぎゅ、と握り締めた。

「どうかご無事で。必ず戻ってきてください。待っていますから」

王妃らしく堂々とした態度で戦勝を祈るべきだと分かっているのに、ありきたりな台詞しか出てこない。

唇を噛《か》み締《し》めたアメリアを、シグリッドは引き寄せた。

「心配するな。きっとあっという間だ」

彼はぽんぽん、とアメリアの背中を叩き、「もう休もう」と告げる。

初夜以来、彼がアメリアに性的な意味で触れてくることは一度もない。

今は子を成すつもりがないのか、それとも、アメリアには魅力を感じないのか。

アメリアから誘えば、もしかしたら応じてくれるかもしれないが、その勇気はなかった。

アメリアにしても、シグリッドに抱かれたいというよりは、夫婦ならするのが当然ではないか、という疑問の方が大きいのだ。

（何年もこのままだと困るかもしれないけれど、でも今はこのままでいいわ）

シグリッドはアメリアを大切にしてくれている。彼のお陰でアメリアは、充分すぎるほど安らかな日々を過ごすことができていた。

国王が王妃への態度を変えたことは、すぐに城中に広まった。

シグリッドは就寝前だけでなく、日中の行動もがらりと変えたのだ。

日に三度の食事を王妃と共に取れるよう予定を調整させたり、何かというと王妃を呼びつけ、傍に置こうとしたり。

シグリッドがアメリアに手作りの差し入れをねだるところを目撃した高官は目を剝いていた。

宰相や宮内卿は「これでいよいよお世継ぎが！」と色めき立ったし、外務卿は「両国の平和の為にも陛下がお心を決めてくださってよかった」と喜んでいる。

このまま穏やかに関係を育てていけば、いつか身体も深く結び合わせたいと願う日がくるだろう。

アメリアはそんな風にのんびり構えていた。


そしていよいよ、北部討伐を翌日に控えたその夜。

アメリアは、寝室にやってきたシグリッドを待ちきれない思いで出迎えた。

アメリアの勢いに驚く彼の手を引き、窓辺に置かれている椅子に座らせる。それから、あらかじめテーブルに置いてあった剣帯を手に取った。

剣帯の留め具の近くに濃い紫の布を当て、革に縫い付けるように刺繍糸《ししゅういと》で縫い取りを施したものだ。ただ縫い付けるのではなく、中央に銀糸でオダマキの意匠を刺繍したそれは、自分で言うのもなんだが見栄えのする洒落たものになった。

「陛下の戦勝とご無事を、心より祈願しております」

ユーリアに教わった決まり文句と共に、剣帯を差し出す。

「勝利を祈願する守りの刺繍、か。初めて貰った」

シグリッドはしみじみ言うと、「ありがとう」と続け、手に取る。

彼があんまり刺繍部分にじっと見入るものだから、アメリアは恥ずかしくなった。

「そんなに凝視せず、遠目に見てください」

「何故？　見事な手なのに」

「近くで見たら粗《あら》が分かるかもしれませんもの。さあ、もういいでしょう？」

シグリッドの手から剣帯を取り上げようとしたが、彼は「これはもう俺のものだろう？」などと言って渡さない。

「もう……ユーリア様の刺繍はもっと複雑で素晴らしかったのよ。そんなに喜ばれたら、胸が痛むわ」

無意識のうちに砕けた口調でぼやいてしまう。

シグリッドは瞳を瞬かせたあと、にこりと笑った。

「その話し方の方がいい。これからはそうしてくれ」

「あ……。いえ、失礼しました」

「謝ることではないだろう。お前は感情が揺れるとその口調になるんだな」

言われてみればそうかもしれない。

完全にクラウディアに成り切っていたつもりだったが、すでに何度も襤褸《ぼろ》を出していることを思い出し、居たたまれなくなる。

「どうか忘れてください」

「嫌だ。俺はこの件については譲らない」

「ええ～……」

「いいな、その調子だ」

機嫌よく頷くシグリッドに、すっかり毒気を抜かれてしまう。

「……分かったわ。でも二人の時だけね」

アメリアが白旗を上げると、彼は「もちろん」と請け負った。

「ただしリーンハルト様をのぞく、ではないでしょうね」

念《ねん》の為《ため》、確認してみる。シグリッドは意表を突かれたように目を丸くした。

「なんだ、それは」

まるきり見当がつかない様子の彼に、クローゼットの一件について話す。

「私が誰にも言わないで、と頼んだ時は快く了承してくださったのに、リーンハルト様は翌日にはもう陛下に告げ口していたのよ。そんなことなら最初から『ただし陛下はのぞく』と教えておいて欲しかったわ」

「ああ、あれか」

シグリッドは剣帯をテーブルに戻し、アメリアの両手を取った。

「俺は感謝してる。あの日教えてもらえなかったら、ずっとお前の苦しみに気づかないままだった。いや、もっと拗《こじ》れていたかもしれない。こんな風にお前と向き合って話せるようになったのは、デニスのお陰だ」

真摯な眼差しに胸を突かれる。

こうして互いを尊重し合える関係になれて嬉しいと、彼の表情は雄弁に告げていた。

「それには私も感謝しているわ。……でももう、デニス様には秘密を教えない」

わざと頑固に言い張ってみせると、シグリッドは相好を崩した。

「俺はデニスにも言わない。それなら、いいだろう？」

「陛下になら、そんな約束をしなくても教えるわ」

アメリアは心のままに答えたが、言い終えた後で「ただし」と付け加える。

たとえシグリッドだろうが、いやシグリッドにだけは、絶対に教えられない秘密があると思い出したのだ。

「たった一つを除いては」

何とも思わせぶりな言い方になったが、自分には秘密があると認めることが、今のアメリアがシグリッドに差し出せる精一杯の誠意だった。

どうか正確に伝わって欲しい、と灰褐色の瞳を見つめる。

秘密を暴いて欲しいわけでも、助けを求めているわけでも、気を引きたいわけでもない。

ただ分かって欲しかった。死ぬまで明かせない秘密を抱えていたとしても、シグリッドとは誠実に向き合っていきたいと思っていることを。

シグリッドも黙ってアメリアを見つめ返す。

どれくらいの時間が経っただろう。

シグリッドは深く息を吐き、アメリアの額に彼の額をこつん、とぶつけた。

「互いにままならないな」

互いに、という言葉に、アメリアはああ、と心の中で声を上げた。

おそらくシグリッドにも、決してアメリアに明かせない秘密がある。

だがそれでよかった。

互いの全てを渡し合えないままでも、きっと寄り添うことはできる。

二人の間に最後まで残る隔たりに、苦しむこともあるだろう。

それでも、アメリアはシグリッドの隣にいたいと思った。

◇◇◇

シグリッドが国王軍の一部とデニスを筆頭とした近衛騎士団を率いて王都を出立してから、一カ月が経つ。

王の留守を預かるのは王妃の役目だ、と宰相に教えられたアメリアは、日中の殆どを執務室で過ごすことになった。

実務を行うわけではもちろんない。

政治に関して何の知識も経験もないのだ。たとえ請われたとしても、己の判断で何かを決めることはできない。素人がよかれと思って下した決定が、のちのちの火種になる可能性は大いにあるからだ。

国王宛てに届けられた報告書や嘆願書は、宰相か各職の長が目を通して対処にあたり、事後報告という形でアメリアまで回ってくる。

アメリアはその話を聞き、頷くだけでよかった。

完全に形式上だけの国王代理だが、その形式が何より大事なのだと宰相は説明した。

「クラウディア様がここにこうして居てくださるだけで、城の者も国民も不安を抱くことなく、陛下のお戻りを待つことができるのです」

いてもいなくてもいいような気がしていたが、どうやらそうではないらしい。

せめて見聞きした内容を覚えていよう。

そしてシグリッドが戻ってきた暁には、こんなことがあったと報告するのだ。きっと彼は「そうか、それは助かった」と頰を緩め、アメリアの背中を二つ、軽く叩いてくれるだろう。

殆どは報告を聞くだけでよかったが、稀《まれ》に王妃の許可を必要とするものもあった。

デュフォール伯爵から上がってきた『しばらく国を離れて妻の療養に付き添いたい』という申し出もその一つだ。

「何も陛下が自ら戦に出られているこの時期に行かずとも、とは思いますが、領主代理として嫡男を残していくとありますし、特に却下する理由も見つかりません」

宰相の助言を受け、「認めます」と答えて書類に玉璽を押す。

嫌な予感を覚えたが、ただそんな予感がするというだけで却下はできない。

あとで必ずシグリッドに報告しておこうと決め、次の報告に意識を向ける。

そうして始めのひと月は平穏に過ぎていった。

次第に上手く眠れなくなったのは、二カ月を過ぎた辺りからだ。

冬本番を迎えたゼーフェラングは、国の中央に位置する王都でも外出する時は毛皮のコートを手放せない寒さに覆われている。

北部となればなおさらだろう。

歩くのもままならない雪原の中、シグリッドたちは野営しているのだと思うと、自分だけ暖炉の前で温まっていていいのか、という気分になる。

始めはその落ち着かない感覚を、罪悪感だと思っていた。

だが一人きりの寝台に入る度、自分が仮初の主人を務めることになった執務室を見渡す度、食い入るような寂しさが胸を締めつけるようになった。

食事の味も、変わってしまった。料理のグレードが落ちたわけでも、美味《おい》しくないわけでもない。ただ以前に比べればどうにも味気なく、それが何故なのか分からない。

己の変化に戸惑っていたアメリアは、その日ユーリアによって東屋に連れ出された。

「今日は雪が降っていませんからね。たまには太陽の光に当たった方がよろしいかと」

ユーリアの助言にデイジーもうんうん、と頷く。

「最近姫様は根を詰めすぎです。たまにはこうして、息抜きなさいませ。今なら誰もいませんし、弱音も吐き放題ですよ」

大好きで大切な人たちと共に温かなお茶を飲んでいるうちに、アメリアの心も緩んでいく。一杯目のお茶を飲み終えたあと、アメリアは思い切って最近の自分がおかしいことを打ち明けてみた。

「――それでね。ぼうっとしてしまうことも増えたの。シグリッド様は今頃どうしているだろう、ってそんなことばかり考えてしまって……」

アメリアの告白に、ユーリアは深く頷いた。

「分かりますわ。私も結婚したての頃はそうでした。私も剣を使えたら、と何度思ったかしれません。自分のあずかり知らぬところで夫が傷つけられたら、と思うと居ても立ってもいられなくなりました」

「でも、リーンハルト伯も陛下も、大層お強いのでしょう？　お二人が剣を取って出たのなら、勝利は約束されたも同然だと皆言っています」

デイジーが納得いかないように口を挟む。

ユーリアは瞳を和ませ「それとこれとは話が別なのよ」と説明した。

「どれほど強かろうが頼もしかろうが、最愛の人なんですもの。案じずにはいられないし、早く帰ってきて欲しいと願ってしまうものだわ」

最愛の人、という彼女の言葉にアメリアはぱちり、と瞳を瞬かせた。

「ユーリアはともかく、私と陛下は政略結婚よ。それは当てはまらないわ」

「そうでしょうか？　私には王妃様が、陛下をとても恋しがっているように見えます」

ユーリアの指摘に、デイジーもうんうん、と頷く。

「それは私もそう思います。姫様が毎日苦しいのは、陛下が傍にいないからですよね。陛下のことが大好きなんだなぁ、って微笑ましく思っていました」

アメリアはしばらく言われた言葉を心の中で反芻《はんすう》し、やがてボッと頬を赤らめた。

そうか、そうだったのか、とすんなり腑に落ちる。

会いたくて焦がれるのも、無事でいるか心配で落ち着かないのも、全ては彼が好きでたまらないから。

「私、陛下に恋をしているのね」

認めた途端、シグリッドとの思い出が胸いっぱいに溢れていく。

凛々しい横顔、優しさの籠った眼差し、悪戯っぽい笑み。

美しい寝顔や、アメリアを抱き寄せる腕の頼もしさ。

初夜に彼がどんな風に自分を抱いたかについても思い出し、胸が苦しくなる。

この時ほど、自分が約束された王女であったなら、と思ったことはない。

彼のあの美しい低音で「アメリア」と呼ばれたら、どれほど幸せな気持ちになるだろう。

だが、そんな日は来ない。

たとえ両想いになったとしても、ずっとアメリアはクラウディアのままだ。

遅れてやってきた恋の自覚に、心は大きく揺さぶられた。

このまま彼への想いを深めていけば、いつか『本当の名で呼ばれたい』という私欲に負けてしまいそうで怖い。

「でも、こんなの困るわ。そうでしょう？　デイジー」

唯一真実を知っている侍女を縋るように見つめる。

何を問われているか分かったのだろう、デイジーはうーんと腕組みして考え込んだあと、にこ、と笑った。

「いいのではないでしょうか」

「え……?」

「政略結婚の相手を本気で好きになってはいけないなんて決まり、ありませんもの。陛下を心から愛したとしても、姫様がブレスコットの王女としての誇りを忘れるとは思えません。きっと両立できます」

アメリアにも人を好きになる権利はある、とデイジーは言っている。

そして同時に、決して自分の立場を忘れるな、と警告もしている。

アメリアは静かに頷き、視界をよぎる白いものにふと目を留めた。

灰色の曇天から、ハラハラと粉雪が舞い落ち始めている。

朝から雲が多かったが、ついに降り出してしまったようだ。

「そろそろ時間切れですわね。濡れてしまう前に中に戻りましょう」

ユーリアに促され、歩き出したアメリアの頬に、ぽつりとひとひらの雪が落ちる。

形すら定かではないそれはあっという間に解け、涙のように零れていった。

目前に広がる平野を抜ければ、あとは王都まで一日もかからない。

いざという時に備えて率いてきた王国軍の中隊の面々は、シグリッドが先頭を切って馬を走らせると、わっと歓声を上げて駆け出した。

結局、一度も戦うことなく王都へ戻ることになった彼らは、元気を有り余らせている。

雪の中の行軍に悲壮な顔をしていた行きとは大違いだ。

デニスの采配は見事に当たった。

◆◆◆

シグリッドはデニスを含む数名の騎士を連れ、彼らが最期の場所に選んだトレイル城に乗り込むことができたのだ。

下っ端の兵士は相手にせず、ひたすら城の奥を目指して突き進んでいく。城内の間取りは頭に叩《たた》き込《こ》んできた為、城主の間に辿り着くまでそう時間はかからなかった。

両開きの扉を開け放てば、驚愕に目を見開いたトレイルとアルトナーの姿が見えた。

立ちはだかる護衛を片っ端から斬り捨て、蒼白《そうはく》になった二人の前に立つ。

「間者を放っていたのか、この卑怯者《ひきょうもの》め！」

トレイルは大声で吠えたあと、剣を抜いて斬りかかってきたが、アルトナーは背中を向けて逃げ出した。

トレイルの剣筋は鈍く、本気を出すまでもなかった。

逃げ出したアルトナーを横目で確認すれば、デニスが追っていくのが見える。

片がつくのも時間の問題だ、と剣を握り直したところで、思わぬ邪魔が入った。

騒ぎを聞きつけたのだろう、混戦状態の城主の間に飛び込んできたトレイルの娘が、シグリッドの前に両手を広げて立ちはだかったのだ。

ならば父親もろとも斬り捨てるまで、と振りかぶった剣を、シグリッドは振り下ろすことができなかった。

明るい金の髪と、空色の瞳をした娘が、決死の形相でこちらを睨んでいた。

王城に残してきた王妃の面影が、娘と重なる。

迷ったのは一瞬だった。王に反逆した一族に未来はない。ここで生き残ったとしても、目前の娘は奴隷の身分に落とされ生き地獄を味わう羽目になる。

討伐にきた王の前に立つほどの気概がある娘なのだ、ここで終わらせてやるのが一番いいと自分に言い聞かせ、剣を一閃《いっせん》させる。

崩れ落ちる娘を視界の端に映しながら、シグリッドは返す刀でトレイルを斬り伏せた。

直後、左肩に鋭い痛みを覚える。

娘を前にした時に生まれた一瞬の隙をついて突撃してきた敵兵が、甲冑の隙間を狙ってきたのだ。

「陛下…ッ！」

血相を変えて駆け寄ってきた近衛騎士を制し、なおも向かってくる兵士を斬り捨てる。

不意を突かれたとは言っても、充分反応はできていた。とっさに身を逸らした為、傷自体浅いし、手もしっかり動く。

「大丈夫だ。それより、外の軍に知らせを送り、城を制圧させろ。殲滅《せんめつ》する必要はない。降伏した者は捕虜とする。使用人には決して手を出すなと釘を刺せ。女子どもを捕まえ犯した者は、俺が必ず殺す」

そう騎士に命じたあと、シグリッドは窓際に並ぶ椅子の一つに腰掛け、左手の甲冑を外した。懐から取り出した携帯用ボトルの栓を開け、綺麗な水で傷を軽く洗う。

あとは手巾で巻いておけばいいだろう。本陣に戻れば救護兵がいる。

手早く応急処置を終わらせ、再び甲冑を装備したところで、デニスが戻ってきた。

「大丈夫ですか、陛下。珍しく油断しましたね」

デニスはトレイルの隣に倒れている娘を見遣り、はあ、と嘆息する。

「目の色まで一緒だった、とか言います？」

シグリッドがやすやすと襲撃を許した理由を察したのだろう、デニスの眼差しには「勘弁してくれ」と書いてある。

「……悪かった。二度はない」

「ほんとそうしてくださいい。特に珍しくもない組み合わせですし、弱点を作ったやつから死んでいくのが戦場ですから」

デニスの言う通りだ。王妃を思うのなら、なおさら躊躇《ためら》うべきではなかった。

心から反省するシグリッドの膝の上に、デニスはぽん、と古びた冊子を載せた。

「アルトナーはこれを出して助命を願ってきました。前々王陛下の毒殺にかかわった者たちによる血判状の控えのようです。ジスランの部屋にあったものを、粛清の混乱に乗じて持ち出した、とアルトナーは言ってました。全部白状する代わりに、命だけは助けて欲しい、ってやつです」

シグリッドは冊子をパラパラとめくり、そこに記された名前を心に刻んだ。

血判を押した者の殆どは、ジスランと共にすでにこの世を去っている。

残っていたのは、トレイルとアルトナー、そしてデュフォールの三人だけ。

ゴーチェの名前に、シグリッドは暗澹《あんたん》たる気持ちになった。

王殺しに関与していたにもかかわらず、よく自分のもとに直談判《じかだんぱん》しに来られたものだ。

その面の皮の厚さだけは褒めてやらなければ、と呆れ混じりに思う。

「……それで？　助けてやったのか？」

「まさか。話を全部聞くまでは待ちましたが、いざという時の覚悟もなく悪事に加担したって話ですよ？　正直耳が腐りそうでした」

デニスは軽く肩を竦めて答え、「まだ一匹残ってますね」と冊子に視線を落とす。

「ああ。だが奴は狡猾だ。軽率に追い詰めれば、何を仕掛けてくるか分からない。逃すつもりはないが、慎重に対処する」

「ええ、それがいいと俺も思います。デュフォールを始末する前に、片付けときたい案件もありますしね」

デニスの返答に、シグリッドは首を捻った。

「奴より優先するような案件……？」

「いやだなぁ、陛下。ご自分で命じたんじゃないですか」

デニスは明るく笑うと、声を低めて続けた。

「本物のクラウディア王女を探せ、って」

そうだった、と思い出すのと同時に、無意識のうちに考えないようにしていたのだと気づく。

今回の征伐でシグリッドは、己の気持ちと否応なく向き合うことになった。

彼女が傍にいない。ただそれだけのことが、拭いされない違和感となってシグリッドを苦しめている。

その日あったことを話す相手が欲しいと、毎夜心から思う。

そしてそれは誰でもいいわけではなく、彼女でなければならなかった。

凛と背筋を伸ばし、城を闊歩している姿が恋しい。シグリッドが呼べば、彼女はいつもすぐにこちらを振り返り、花のような笑みを浮かべた。

あどけない顔で眠ること。甘いものに目がないこと。

刺繍が存外上手いこと。彼女の焼くパンは優しい味がすること。

共に過ごしている時には取り立てて意識しなかったそれら全てが、シグリッドの胸をじりじりと焦がしている。

ここまでくれば、さすがに人の心の機微に鈍い自覚があるシグリッドにも分かった。

(俺は、彼女に恋をしている)

今更本物のクラウディアを見つけたところで、王妃を挿《す》げ替えることなどできない。

いっそ以前想像した通り、すでに亡くなっていてくれれば……。

彼女を失うくらいなら、身代わりが立てられることになった理由を知らぬまま一生を終えても構わない。

「探さなくていい、と言ったら、どうする?」

ぽつりと零した言葉に、デニスは破顔した。

「ようやくご自分の気持ちに気づかれましたか!　俺は嬉しいですよ、陛下」

晴れ晴れしい表情で笑う彼を、シグリッドは恨めしい気持ちで見上げた。

「分かっているんだ。このまま知らぬ振りを続けていい問題ではないと。だが——……」

「まあまあ。結論を出すのは、調査が終わるまで待ってください。どんな結果が出たとしても、俺は両陛下の味方です。何より大事な女なんて、そう簡単にできるもんじゃない。一度見つけたら、離しちゃダメなんですよ。絶対にね」

実感の籠った助言に、シグリッドは唇の端を上げた。

「今の言葉、ユーリア夫人に聞かせたいな」

「からかうつもりなら残念でした。俺は本人にもちゃんと言ってますから」

なるほど、だから喧嘩《けんか》をしてもすぐに仲直りできるのだな、と感心する。

「俺も見習うとしよう」

「ははっ、言う様になりましたね。そうと決まれば、さっさと後始末して王都に帰りましょう。俺もユーリアが恋しくてたまらないんですよ。一日でも早く会いたいんです」

分かる、とシグリッドは深く同意した。


それから半月後――。

国王に叛意《はんい》を持つ者全ての洗い出しが終わり、北部は久方ぶりの安寧を取り戻した。

否応なく王家に盾突く形となった領民たちは王国軍の姿に怯え切っていたが、シグリッドが各村を回り、助けにきた、と直接伝えたことで安堵したらしい。

これでようやく昔のように安心して暮らせる、と彼らは涙を零した。

討伐に同行させていた新たな領主一行をトレイル城に置き、隣接する旧アルトナー領も一時的に新領主に預けると決めれば、ひとまずの後始末は終わりだ。

シグリッドは王旗を颯爽《さっそう》と翻《ひるがえ》す軍勢を率いて、旧トレイル領を出立した。

歩兵を置いていかぬよう気を配りながらの行軍は正直もどかしかったが、王一人が馬を駆って戻るわけにもいかない。

王都を出た時には冬だった季節は、春を迎えようとしていた。

彼女は寒さに凍えなかっただろうか。風邪は引かなかっただろうか。

王妃の体調を周囲が気遣わないはずがないのに、そんなことばかり考えてしまう。

ようやく王都に入った時には、焦燥に似た感情に駆られた。

あと少しで会えると思うと、居ても立ってもいられない。

早馬が国王の帰還を知らせたのだろう、大通りには大勢の民が押し寄せ、馬上のシグリッドに手を振り、歓声を上げている。

シグリッドは片手を上げて彼らの声に応えつつも、速度は落とさず王城を目指した。

城を護《まも》るように水が張り巡らされた外堀に、ゆっくり跳ね橋が下ろされていく。

やがて城門から転がるように駆け出してきた人を見て、シグリッドはぐ、と喉を鳴らした。

大声で叫び出したい気持ちを懸命に堪えて馬を止め、ひらりと降り立つ。

両手を広げて腰を屈めれば、腕の中に柔らかな身体が飛び込んできた。

「陛下……！　ああ、ご無事でよかった……！」

王妃は感極まったような震え声で言うと、きつくしがみついてくる。

彼女の甘く優しい香りに包まれた瞬間、全身を歓喜と愛おしさが駆け巡った。

誰が見ていようと構わない。ようやく手にした温もりに溺れて何が悪い。

王妃を抱き上げ、涙に濡れた空色の瞳を覗き込む。

「心配いらないと言っただろう」

「それでも心配しました。左肩を負傷されたそうですね。もう大丈夫なのですか？」

不安で仕方ないといわんばかりの表情に、胸が痛くなる。

彼女を想うだけでこれほど心臓が締め付けられるのだとしたら、失ったらどうなってしまうのか。きっとその瞬間、止まってしまうに違いない。

シグリッドが国王として生きていく為にも、彼女は傍にいなければならない。

「デニスか？　お前には知らせるなと言ったのに」

「あの方を信用なさるべきではないと、申し上げましたでしょう？」

ようやく落ち着いたのだろう、王妃が茶目っ気たっぷりに微笑む。

彼女のこういうところもたまらなく好きだ、と改めて思った。

「そうだった。今夜は俺がいない時の話を聞かせてくれ。何晩かかっても構わないから」

「はい。陛下も教えてくださいませ。私のせいで陛下が怪我《けが》をする羽目になったと、リーンハルト様からの報告にはありました。本当なのですか？」

「あいつめ……！」

これればかりはきつく叱責せねば、と辺りを見渡したシグリッドは、遠巻きにこちらを見つめる人々がうっとりした表情を浮かべていることに気がついた。

それだけでも恥ずかしいのに、跳ね橋のど真ん中で抱き合っていたせいで、後続の騎士や兵士たちが渋滞を起こしている。

デニスはといえば、ちゃっかりユーリア夫人の肩を抱き、こちらを眺める側に回っていた。

「す、すまない。話はあとにしよう」

シグリッドは王妃を抱えたまま、足早に城内を目指した。

衆人環視の状況に気づいてもなお王妃を下ろそうとしない若き国王に、すっかり見物客と化していた城の者たちはやんややんやと囃《はや》し立《た》てた。

国王の無事の帰還と北部平定を祝って、その日の晩は即席の宴が開かれた。

宴といっても大々的なものではない。城詰めの重臣や騎士たちと共に、大広間で飲み食いするだけ、という内輪向けの祝勝会だ。

広間に集った誰もが嬉しそうな顔で杯を傾けている。質より量とばかりに大皿に山のように盛られた肉料理は、みるみるうちに減っていった。

明け方近くまで騒いでいそうな面々を広間に残し、シグリッドは王妃の手を引いて宴を抜け出した。

「よろしいのですか？」

中座したことを気に掛ける彼女に、シグリッドは首を振った。

「問題ない。あれはもう、口実は何でもいいから飲んで騒ぎたいだけだ」

「ふふっ。みな、本当に楽しそうでしたね。私もつい食べ過ぎてしまいました」

腹を押さえて微笑む王妃を連れて、寝室に戻る。

今は一秒でも早く彼女と二人きりになりたかった。

「陛下、就寝なさりたいのでしたら、先に湯あみを――」

部屋に入ったところで、王妃が戸惑いの声を上げた。

「浴場になら、城へ戻って真っ先に放り込まれた。旅装も解かずに城内をうろつくなと宮内卿に追い立てられてな。お前もいい香りがする」

目前の白い首に鼻を寄せ、すん、と嗅げば、彼女はみるみるうちに頬を上気させた。

「宴の前に、湯あみをしてから着替えた方がいいとデイジーに言われたのです。食べて飲んだあとでは億劫《おっくう》になるだろうから、と」

「ははっ、違いない。お前の侍女は有能だな」

侍女が入浴を勧めたのはそれだけが理由ではなかったはずだが、王妃には伝わらなかったらしい。

シグリッドが彼女を片時も離したくないと思っていることを侍女ですら察したのに、肝心の王妃には気づいてもらえていないことがもどかしい。

「留守の間の話を聞きたいと言ったが、撤回してもいいか？」

頬を薔薇色に染めた彼女の頬を両手で挟み、瞳を覗き込む。

「それは、どういう……？」

明るい空色の瞳に浮かんでいるのは、困惑だけではなかった。

見え隠れする甘い色はなんだろう。期待であればいいのだが、と強く願う。

「今夜はお前を抱きたい」

「で、でも、陛下は──……」

王妃は更に赤くなって言葉を詰まらせ、視線をうろうろと彷徨《さまよ》わせた。

初夜以来一度も誘ってこなかったのに、突然どうした、と言いたいのだろう。

思えば初めて身体を重ねた夜から、一年近くが経っている。

普通の夫婦ならば、早々に妻に愛想をつかされてもおかしくない事態だ。

だが、王妃は一切不満を見せなかった。彼女がかつて言ったように『何年かかっても、何十年かかってもいいから』シグリッドが心を開くのを待つつもりだったのだろう。

健気でまっすぐな彼女が、たまらなく愛おしい。

「軽率に手を出すべきではないと思っていた。あらゆる懸念が片付くまでは、と。だが、もう待てない。離れている間、俺はずっとお前が恋しかった。一日でも早く戻って、無事なお前をこの手に抱きたかった」

どうか伝わって欲しい。

国王としても義務感で言ったわけではないのだと。お前だから欲しいのだと。

祈るような気持ちで想いを言葉に変えていく。

「お前に散々辛く当たったことは、俺も忘れていない。今更何をと呆れられても仕方ない。だが、どうしてもお前が欲しいんだ。お前のことが、好きなんだ」

素直な感情を外に出すのは、とてつもなく勇気がいることだった。

色恋沙汰にはまるで無縁な世界で生きてきたシグリッドにとっては、特に。

だが口に出さねば理解してもらえないことも分かっている。

何とか言い終え、息を詰めて王妃の返事を待つ。

唖然とした表情でシグリッドを見上げていた彼女は、やがてくしゃり、と顔を歪めた。

一気に心臓が冷たくなる。

拒まれる、と身を強張らせたシグリッドの手に、王妃は自らの手を重ねた。

「私も陛下をお慕いしています」

震える声で、彼女は確かにそう言った。

「……呆れられるとしたら、それは私の方だわ。あなたにも、誰にも、どうしても言えない秘密を抱えているのに、私はあなたを好きになってしまった。会いたい、無事な姿が見たいと願わない日はなかった。私もずっとあなたが恋しかった……！」

切望を宿した空色の瞳が伝えてくる想いの強さに、息を呑む。

シグリッドと同じ気持ちでいてくれたこと。そして、彼女がずっと抱え続けてきた罪悪感を教えてくれたこと。その二つの知らせがもたらす歓喜は大きすぎて、すぐには消化できない。

シグリッドは堪えきれず、柔らかな唇を己のそれで塞いだ。

ぴたりと重なった部分から、痺れるような甘さが広がっていく。

彼女が欲しい。全部欲しい。

腹の底から込み上げてくる欲望のまま舌を這わせれば、王妃はすぐに唇を開いて、シグリッドを受け入れた。

もっと優しくしたいのに、激しく貪ることを止められない。

最愛の人の全てを確かめるように柔らかな身体を両手で辿りながら、舌を絡めて吸い上げ、口蓋をねっとりと舐《ねぶ》る。

静かな寝室に響く水音と、彼女が時折漏らす甘い声にますます気持ちが昂った。

口づけしかしていないというのに、すでに股間は反応していた。

しまった、一度抜いておくのだった、と後悔したが、もう遅い。

夢精する前に処理した方がいいと分かってはいたが、いつ誰が入ってくるか分からない野営のテントではその気にはなれなかったのだ。

帰りの行軍の際、立ち寄った街で娼婦《しょうふ》を手配されたこともあったが、全て断った。シグリッドが抱きたいのは王妃ただ一人だ。

一度目は少々早くても許してもらおうと、心の中で算段をつける。

長い口づけにすっかり腰砕けになった王妃の身体を抱き上げ、寝台へ移った。

手早く己の服を脱ぎ捨ててから、彼女を脱がせにかかる。

小さなボタンが幾つも並んだドレスでなくて、本当によかった。女の衣装には全く詳しくないシグリッドでもすぐに脱がすことのできるシンプルなドレスを選んだ侍女に、改めて感謝が湧いてくる。

下着まで全て脱がされ完全に無防備になった王妃は、とても美しく淫らだった。

まるく膨らんだ双丘も、細くくびれた腰も、張りのある太腿も。全てが抗えない魅力を放ってシグリッドを誘っている。

「お願い、明かりを消して？　そんなに見られたら、さすがに恥ずかしいわ」

両手で顔を覆ってそんな可愛いことを言う彼女に、シグリッドは小さく笑った。

「悪いが無理だ。今は燭台まで歩けない」

白い裸体に覆い被さり、滑らかな太腿に腰をぐっと押し付ける。

先走りまで滲み始めた準備万端な剛直に、王妃は、あ、と声を上げた。

それからそろそろと両手を下ろし、シグリッドの背に回す。

「それなら、抱き締めていいて。私から離れないで」

彼女は上から鑑賞するな、と言いたかったのだろうが、今のシグリッドには煽っているようにしか聞こえない。

そこからは無我夢中だった。

深く口づけたまま、乳房に手を伸ばし、尖った先端を指先で引《ひ》っ掻《か》く。

シグリッドに唇を塞がれた王妃は、くぐもった声を漏らし、両脚を突っ張らせた。

こりこりとした感触を存分に楽しんだあとで、更に下に手を伸ばす。

「開けてくれ」

口づけの合間に囁けば、王妃は従順に膝を立て、おずおずと両腿を開いた。

身体をずらし、今度は散々指で弄った乳首に吸い付く。

「ひぁ…っ、あっ、はぁ、んっ」

舌先でくすぐりながら吸い上げれば、王妃は背中を反らし、甲高く啼いた。

甘く淫猥なその反応に射精感が込み上げたが、懸命に堪えて、とろとろと蜜を零す秘部を丁寧に指で解していく。

一度は男を受け入れたとはいえ、あれから誰にも暴かれていないそこはしとどに濡れてなお固く、シグリッドは歓喜した。自分だけが彼女の味を知っている。そしてこれからも、決して他の男に触れさせはしない。

初夜の記憶を辿りながら、彼女の好《い》い場所を探して刺激していく。

やがてそこは三本の指を根元まで咥《くわ》え、きゅうきゅうと締め付けるようになった。

すっかりわけがわからなくなった様子の彼女の頬に軽く口づけ、両脚を抱え上げる。

やわく蕩けた蜜口に剛直を押し当て腰を沈めれば、記憶以上に鋭い快感が腰から背中を駆け上がった。

「すまない、すぐに終わってしまいそうだ」

恥を堪えて伝えると、彼女は潤みきった瞳に喜色を浮かべた。

「いいの、うれしいから」

限界は目前だったが、少しでも彼女の中に留まっていたくて抽挿の速度を緩める。

ゆるゆると抜き差しする度、腰が溶けそうになった。

「うれしい？　何故？」

荒い息の合間に問い返す。彼女はぎゅう、とシグリッドにしがみついた。

「だって、私だけ、ということでしょう？　離れている間に誰かを抱いていたら、きっともっと長くできるでしょう？」

欲情に濡れた声が耳元で響く。

シグリッドは堪らず最奥を突き上げた。

そのまま腰を激しく振れば、きつく絡みつく媚肉の感触に追い上げられる。

「お前だけだ、……俺には、お前だけだ」

低く囁き、強烈な悦楽に溺れる。

「ッ、はぁっ、そこや、ぁ、ッ～～！」

淫らな声で啼きながらよがっていた王妃は、やがてぴんと爪先を丸め、シグリッドの背中に強く爪を立てた。同時に一際強く剛直を締め付けられたシグリッドもまた、低く呻いて最奥に白濁を放った。

本能に突き動かされるまま、どくどくと溢れていくそれを、奥に、奥にと腰を突き上げ塗り込める。

抱く前は外に出そうと思っていた。

王妃に子ができたら困ると考えたわけではない。己の子を産ませるのなら、彼女以外はもう考えられない。

避妊を考えた理由は、自分自身にあった。己の中に流れるジスランと同じ血を恐れたのだ。けだものの血脈を残していいのか分からなかった。

だがいざ繋がってみれば、そんなことまで考える余裕はどこにもなかった。

愛する女の身体はたまらなく甘く、頭の芯が溶けそうなほどの快楽と、彼女の全てに己を刻みつけたい衝動に支配されたのだ。

（……堪《こら》え性《しょう》のない）

やってしまった、という羞恥はあるが、後悔はどこにもない。

時を戻せるとしても、やはりシグリッドは中に出しただろう。

それほど、彼女に飢えていた。

ゆるゆると腰を振って精を出し切ろうとしているうちに、中に収めたままの男根が再び力を取り戻していく。

王妃にも伝わったのだろう、彼女は瞳を瞬かせ、問うようにこちらを見上げた。

情欲の跡が色濃く残る空色の瞳を覗き込み、低く囁く。

「まだ、足りない」

続けてしたい、という言外の意味を汲み取ったのだろう。

きゅうと膣壁がうごめき、まだ完全には勃ち切っていなかったそれを締め付ける。

彼女が喜んでいることが直接伝わってくる動きに、激しい興奮が湧き起こった。

一旦中からずるりと引き抜き、白い肢体をうつ伏せにする。

「あ、っ……」

抜いた瞬間上がった名残惜しげなか細い声に、更に煽られた。

形の良い尻を引き寄せ、蜜口に剛直を押し当てる。

そのまま一息に貫けば、王妃はひぅ、と喉を鳴らし、枕をきつく握り締めた。

一度目の吐精で残った白濁がぐちゅ、ぐちゅ、と淫猥な水音を立てる。

彼女の奥から溢れてくる蜜と溶け合ったそれは、腰を大きく引く度、蜜口から滴り落ちた。白い太腿の内側を伝う雫《しずく》に、ますます剛直がいきり立つ。

気持ちがいい、などという言葉では言い表せない深い快感が全身を炙《あぶ》り、もっと、もっと、と駆り立てる。

彼女の背中に覆い被さり、たん、たん、と腰を打ち付けながら、己の肉棒が出入りする部分に手を這わす。

シグリッドは蕩けきった花弁を押し広げ、すっかり尖った秘芽を二本の指で挟み込んだ。

根元を抑えるようにして上下に擦れば、指の間に捕えた秘芽の包皮が剝け、敏感な部分があらわになる。

「ひぁ、ッ、あぅ、」

王妃の声色が変わった。

悲鳴じみた嬌声に混じる愉悦に、シグリッドはたまらなくなった。

「気持ちいいか？　酷いことはしたくない。どうか、教えてくれ」

荒い呼吸の中、懇願する。

「いい、のッ、きもち、いいっ、からぁ」

姿勢を保っていられなくなった王妃が枕に突っ伏し、背中を震わせながら叫ぶ。

強い快感にもみくちゃにされている淫らな姿に、理性の箍《たが》が外れた。

左手で彼女の上体を起こし、下から激しく突き上げる。

右手は秘芽から離さず、ぷくりと腫れたそこを抽挿に合わせて弄った。

王妃が背中を反らしてがくがくと痙攣《けいれん》し、言葉にならない声が涎《よだれ》と共に濡れた唇から漏れる。初めて目にする痴態に煽られ、シグリッドも強烈な射精感に襲われた。

一際強い締めつけに、堪らず先端を最奥に押し付ける。

腰が抜けそうなほどの悦楽に、全身がぶるりと震えた。勢いよく溢れ出した白濁の熱がたまらなく心地いい。

いつまでも中に留まっていたい気持ちを抑え、ぐったりと弛緩《しかん》した王妃を優しく寝台に横たわらせる。

人生二度目の交合は、初めての夜とは比べ物にならないほど濃密だった。

心を通じ合わせた後で相手を抱けば、これほど幸せで満ち足りた気分になるのか、と新たな世界を知ったような気分になる。

「シグリッド様……、好き、大好き」

陥落してしまったのは自分だけではないらしく、意識を取り戻した王妃もうっとりと蕩けた顔でそう繰り返した。

「ああ、俺もだ、ク……」

クラウディア、と王妃の名前を呼びかけたシグリッドを、嫌だ、と身体が拒否した。

それは別の女の名だ、と心は叫んでいる。

シグリッドの妃は、クラウディアではない。

名前さえ知らない女を、シグリッドは愛してしまった。

途中で口を噤んだシグリッドを、彼女は泣きそうな顔で見上げ、そして笑った。

「いいの。私の名前は呼ばないで」

今にも零れそうな涙をたたえ、彼女は懸命に微笑んでいる。

シグリッドの心を狂おしいほどの恋情が吹き荒れた。

愛する女にこんな顔をさせる状況全てが、憎くてたまらない。

だが今は、どうすることもできない。

返事の代わりに、シグリッドは王妃をきつく抱き締めた。

第六章　叶った夢と新たな誓い

シグリッドが北部から戻ってきた日の翌日――。

アメリアが寝台から起き上がることができたのは、昼を大きく回ってからだった。

互いの想いを告白し合い、寝台になだれ込んだまではよかったが、まさか朝まで離してもらえないとは思わなかった。

貪り尽くされる、という表現がぴったりの濃厚な交わりの余韻は、全身に残っている。

痛む腰をさすりながら湯浴《ゆあ》みに行ったアメリアは、湯殿係のメイドを盛大にぎょっとさせた。頬を染めた若いメイドの視線を辿り、己の身体を見下ろす。

そこでようやく、あちこちにつけられた鬱血痕に気づいた。

シグリッドの執着を如実にあらわすキスマークに、恥ずかしいやら嬉しいやらで真っ赤になってしまう。

「違うの、これは、その――」

慌てて肌を隠そうとするアメリアに、もう一人のベテランメイドが微笑んだ。

「冬中離れて過ごされたのですもの、致し方ありませんわ。陛下の御寵愛《ごちょうあい》がそれだけ深いということ。王妃様付きの私どもは、鼻が高うございます」

「まあ……ふふ、ありがとう」

今更ながらシグリッドへの想いが一方通行ではないことを実感し、じわじわ嬉しくなってくる。

湯浴みから自室へ戻ってきたアメリアが襟の詰まったドレスを着ているのを見て、デイジーは、やっぱり、と言わんばかりの顔をした。

その日の夜、アメリアは寝室に遅れてやってきたシグリッドに「今夜は話をしたい」と告げた。

彼は不意を突かれたように瞬きしたあと、しょんぼり眉尻を下げる。

「それは、俺がやり過ぎたということだろうか」

明け方近くまでアメリアを求めたことについて、シグリッドにも思うところがあったらしい。

「違うわ！」

咄嗟《とっさ》に大きな声で否定してしまい、遅れて恥ずかしくなる。

シグリッドは瞳を和ませ、柔らかく微笑んだ。

常にストイックな彼が、こんな風に緩んだ表情を見せることは殆どない。

その数少ない機会を独占していることに、たとえようもない幸福感を覚える。

「それならよかった。留守中の話を聞きたいのは、俺も同じだ」

シグリッドはアメリアを軽々と抱き上げ、そのまま長椅子に腰を下ろした。

「ここで話すの？」

「寝台がいいのなら、喜んで。だが、好きな女が無防備な恰好をしているのに、大人しく聞いていられるかどうかは約束できない」

「もう……！」

真顔でとんでもないことを言い出した夫に、なんと返せばいいか分からない。

熱くなった頬を誤魔化すように手でパタパタ扇《あお》ぐ。

シグリッドは切れ長の瞳を甘く煌めかせ、顔を覗き込んできた。

「照れたのか？　本当に可愛いな」

「待って、ちょっと待って」

このまま放っておけば、ときめきで殺されてしまう。

素直に口を噤んで待っているシグリッドの膝の上で、何度か深呼吸する。

頬の赤みが引くのを待って、アメリアはずっと気にかかっていた話を切り出した。

ゴーチェ＝デュフォールが国外へ出た件についてだ。

「――許可を求める申請書に不審な点はなかったから、宰相閣下に助言を求めた上で書類を通したの。でも、このタイミングで？　と思わずにいられなかった。　代替わりの際にあなたが彼の役目を解いた話は聞いていたから、嫌な予感がして」

一部始終を黙って聞いていたシグリッドは、はあ、と一つ嘆息した。

「そうか。やはり、な……」

「やはり、って？」

ゴーチェが動くことを予想していたような言葉に、思わず問い返す。

シグリッドは「決して他言しないで欲しい。まだ、俺とデニスしか知らない話だから」と釘を刺したあと、トレイル城で見つけた血判状について説明した。

アメリアは大きく目を見開き、信じられない気持ちで耳を傾ける。

国王毒殺に関与しておきながら、今なお平然と伯爵位にいるゴーチェに、良心はないのだろうか。

「アルトナーが血判状の控えを持ち出したことを知っていたのなら、デュフォールはもっと早くに手を打っただろう。そうはしなかったところをみると、知らなかったか、もしくは俺が事件の全容を知ったところで証拠はないと侮ったかのどちらかだ」

「証拠ならあるわ。血判状には、彼の署名と拇印《ぼいん》があるのでしょう？」

「その場で作成したのならともかく、違うのなら署名も拇印も彼自身のものではない可能性が高い。万が一の場合に備え、偽の署名だとシラを切ることができるよう、抜け道を用意するくらいはやる男だ」

シグリッドは淡々と話しているが、それは憤りを感じていないからではない。

ゴーチェが何を画策しようが、必ず彼を処断すると決意したからだ。

「では、国王の不在を狙って国外へ出たのは、逃亡の準備の為ではない、と？」

「おそらく、な。では何の為かと問われれば、まだ分からないとしか言えない。彼の動きについては今後も目を光らせておく。報告ありがとう、助かった」

感謝の言葉で話を締めくくったシグリッドを、アメリアは衝動的に抱き締めた。

膝に抱かれているせいで、彼の頭が胸の谷間にぽすん、とうずまる形になる。

「どうか気を緩めないでね。手負いのネズミは獅子《しし》を噛む、ということわざもあるわ。あなたに何かあっては大変だもの」

シグリッドは顔を上げ、「それはお前にも言えることだ」とすかさず言い返した。

「お前に何かあれば、今度こそ俺は本物の獣に堕《お》ちるだろう。俺を狂王にしたくなければ、常に無事でいてくれ」

「もう！　私は真剣なのに……」

どうしてそう、心臓に悪い言い方をするのだろう。

頬を膨らませて抗議すれば、シグリッドは眩《まばゆ》げに目を細めた。

彼の眼差しは、アメリアが誰より愛おしい、と雄弁に告げている。

「……もしかして、冗談じゃないの？」

念の為、確かめてみる。シグリッドはこくりと頷いた。

「お前が誰かに殺されたら、俺はきっと関わった者全てを根絶やしにするまで、止まることができない」

静かな声が紡ぐ壮絶な内容に、小さく息を呑む。

灰褐色の瞳は固い意志の光を宿しながら、不安に揺れていた。

彼の本音を知ったアメリアがどう思うか、怯えているのだ。

「俺は、ああ、守れなかった、などと慟哭《どうこく》し、最後には大切な思い出に昇華する。そんな真っ当な人間にはなれない」

まるでそれが罪であるかのように、シグリッドは瞳を伏せた。

夫の中には、彼自身にも制御できない苛烈な炎があるのだろう。

だがアメリアには、それが悪いことだとはどうしても思えなかった。

まっとうな人間ではない、と彼は言うが、ならばそれは誰を指すのだろう。

無辜《むこ》の民の苦しみを見過ごすことができず実の兄を討った彼が、ぎりぎりまで北部諸侯の説得を続けようとした彼が真っ当ではないというのなら、きっとアメリアも違う。

「他にどんな聖人君子がいたとしても、私はあなたがいい」

「俺が、冷血で残酷なけだものだとしても？」

「ええ。誰にでも悪い面はあるわ。そして良い面もある。そうでしょう？」

ありったけの想いを込めて、はっきり告げる。

シグリッドはまじまじとアメリアを見つめ、それからくしゃりと顔を歪めた。

「……それなら、頼むから自分を大事にしてくれ。俺が常に良い人間でいられるよう、俺の傍から離れないでくれ」

強い懇願の籠った声で言われ、きつく抱き締められる。

彼の武骨な手は小さく震えていた。

平素は強く頼もしいシグリッドが、弱みを見せて縋りついている。

それがどうしようもなく嬉しく、愛おしい。

アメリアは彼の背中を宥めるように優しく撫でた。

「次は、陛下がお話してくださる番よ」

シグリッドが落ち着くのを待ってから、話題を変える。

彼は、うーん、と考え込んだ。

「そうだな、何から話したものか……。大して愉快な話はなかったんだ」

それはそうだろう。シグリッドは物見遊山に出かけたわけではない。

「左肩を怪我した時の話が聞きたいわ」

アメリアは夫の肩にそっと手を伸ばした。

すっかり塞がって瘡蓋《かさぶた》になった傷跡を、寝衣の上から優しく撫でる。

シグリッドは、熱い吐息を漏らし、少し潤んだ瞳でこちらを見上げた。

「そう煽るな。デニスにも、『手加減しないと嫌われる』と忠告されたところなんだ」

「リーンハルト様とそんな話を？」

湯浴みの時に感じた羞恥が、再び込み上げてくる。

「ああ。どうやらお前の侍女がユーリア夫人に告げ口したらしい。デニスは夫人から聞いたんだろう」

『いくらずっと会えていなかったからって、物には限度があると思うんですよね！』

腰を庇って動くアメリアを見て、ぷりぷり怒っていた侍女を思い出す。

「ふふ、しばらくは大人しくしてないといけないわね」

屈託なく微笑むアメリアに、シグリッドは不満をあらわにした。

「がっついたのは悪かったが、長く我慢するのはもう無理だ」

「では、手加減してくださる？　私だって触れてもらえないのは寂しいもの」

「そうか……」

嬉しそうに顔を明るくした夫が、口づけようとアメリアの後頭部に手を回す。

アメリアは人差し指を立て、彼の唇に押し当てた。

「まだだめよ。怪我をした時の話を聞いていないわ」

逃げられないと悟ったのだろう、シグリッドは渋々口を開いた。

「……トレイルと対峙した時に油断して、別の兵に斬りつけられたんだ」

簡潔な返答には、肝心の理由が含まれていない。

「私のせいだとリーンハルト様が記していたのは、なぜ？」

「本当に余計なことを言ってくれたものだ」

彼は苛立たしげに舌打ちしたあと、アメリアから目を逸《そ》らし、早口で話した。

「トレイルを庇った彼の娘に、一瞬気を取られた。その娘は、お前と同じ髪と目の色をしていたから」

一瞬、何を言われたか分からず呆《ほう》けてしまう。

ようやく話の内容が飲み込めた時、アメリアの心に真っ先に浮かんだのは恐怖だった。

「お願い、次はないと約束して？　どれほど私に似ていたとしても、私じゃないわ」

敵地にあってなお、自分を思い出してくれたことは嬉しい。

だがそのせいで出来た隙を突かれ、彼は怪我を負った。

常に軽傷で済む保証はどこにもない。

冷たくなった夫の姿がちらりと脳裏を過ぎり、怖くてたまらなくなる。

懸命に訴えるアメリアに、シグリッドは虚をつかれたような顔をした。

「俺は、剣を持っていない者を斬ったんだぞ？」

その言い方には、彼が抱えている後悔が垣間見える。

斬らなければどうなったか、戦には無縁のアメリアにも分かるのだ。シグリッドに分からないはずがない。

他に道はなかったと分かってもなお、自分を責めずにいられない彼を、不器用だと思う。不器用で、優しい人だと。

「彼女にその覚悟がなかったとは思えない。斬らなければ、斬られていたのはあなただわ。必ず戻ってくると、約束してくださったでしょう？」

戦に絶対はないと知っているが、どんな手段を使っても生き残り、アメリアのもとに戻ってきて欲しい。身勝手極まりない願いでも、譲るつもりはなかった。

まじまじとこちらを見つめていたシグリッドは、やがて表情を崩した。

「ふ、……ははっ」

「何もおかしくないわ」

ムッとして抗議する。これ以上なく真剣な話なのに、笑うなんてひどい。

シグリッドは、眉間に皺を刻んだアメリアを抱き寄せ、頬に唇を押し当てた。

「いや、すまない。お前を笑ったわけじゃない。ただ――」

くつくつ笑いながら、「真っ先に俺の命を案じてくれたことが嬉しかったんだ」と続ける。

「そんなの当たり前でしょう？」

夫の無事を祈らない妻はいないと付け加えれば、シグリッドはゆるく首を振った。

「そうでもないぞ」

端整な顔を、寂寥《せきりょう》が過ぎる。

シグリッドはそっとアメリアの頬に手を添えた。

それから、まるで宝物に触れるかのような恭しさで、唇に軽く口づけた。

「俺の妃がお前でよかった」

真摯な光を宿した瞳に、胸を突かれる。

クローゼットで眠っていたあの頃、こんな風に言ってもらえる日がくるとは思えなかった。

彼に愛されている今が、奇跡のように思える。

「私もあなたでよかった。嫁いできてよかったわ」

静かに答えた声は、感極まったせいで微かに震えていた。

シグリッドは強くアメリアを抱き締め、耳元で囁いた。

「もう少しすれば、まとまった時間が取れる。息抜きに街に下りてみないか？」

彼の腕の中で、大きく頷く。

城の外へ出て街を見てみたいとずっと思っていた。

アメリアが望めばいつでも可能だったが、シグリッドが北部から戻るまでは、と我慢していたのだ。初めて王都を見て回るのなら、彼と一緒がよかった。

「嬉しい……。私ね、ずっとゼーフェラングの街並みを歩いてみたかったの」

万感の想いを込めて伝える。

シグリッドは何も言わず、ただアメリアを抱く腕の力を強めた。

デートの約束をしてから十日が経ったその日。

大通りの外れに臨時市《りんじいち》が立つから見に行かないか、とシグリッドに誘われたアメリアは、二つ返事で承諾した。

臨時市が何か分からなかったので、支度の間にデイジーに尋ねてみる。

「不定期に開かれる出店の集まりのことですよ。色々な店が一か所に集まるので、見て回るだけでも楽しい場所です」

「そうなのね。髪飾りも売っているかしら」

昔のシグリッドとのやり取りを思い出しながら更に問えば、デイジーは「売っていると思いますよ」と答えた。

「宝飾店にあるような高級品はないでしょうが、普段使いにはぴったりのものがあるはずです。姫様は、髪飾りが欲しいのですか？」

「ええ、そうなの。デイジーも欲しいものがあったら、遠慮なく買ってね」

「実は、そう言って頂けるんじゃないかと思って……」

デイジーはポーチの中から財布を取り出し、中を見せてきた。そこに入っていたのは、ゼーフェラングの紙幣と銀貨だ。

「いいわね！　私も持っていきたいわ」

「姫様には必要ないですよ。陛下が一緒なんですもの」

「そういうもの？」

デート自体初めてのアメリアにはよく分からなかったが、デイジーは「絶対そうです。陛下の楽しみを奪っちゃだめです」と言い張った。

普段は王妃らしくきっちり結い上げている髪はハーフアップにしてあとは下ろし、背中に流す。歩きやすいように、とデイジーが選んだミモレ丈のドレスにヒールのないブーツを履いて、アメリアは王城の正門に向かった。

跳ね橋のたもとにはすでに、近衛を数名引き連れたシグリッドが佇んでいた。

「お待たせしてしまったかしら」

小走りで近づき、上気した顔で見上げる。

シグリッドは口元を片手で覆い、「いや、そうでもない」とくぐもった声で言った。

「どうなさったの？」

不思議に思い顔を覗き込もうとしたが、先に手を取られ、隣に並ばされてしまう。

「何でもない。そんな恰好もよく似合うと思っただけだ」

横髪の間から覗《のぞ》いた彼の耳は赤くなっていた。

くすぐったくも温かい気持ちになる。

「ありがとうございます。陛下の恰好も素敵ですわ」

シグリッドはいつもの軍服姿だが、今日はマントを羽織っていない。

引き締まった身体の線があらわになったせいで、凛々しい男ぶりが上がっている。

もちろん、アメリアはマントを羽織った姿も好きだ。

強く逞しい印象の強いあの恰好の彼には、すっぽりと包まれてしまいたい衝動にかられてしまう。

「そうか……。嬉しいものだな、お前に褒められるのは」

面映ゆそうに答えるシグリッドに、笑みを返す。

手袋越しに感じる体温に確かな幸せを覚えつつ歩き始めれば、着かず離れずの距離を保って護衛がついてきた。

ふと見遣れば、傍にいたはずのデイジーも彼らの中に交じっている。

どうやら気を利かせてくれたらしい。

馬車から降りてからも、付き添いの面々は近くには寄ってこなかった。

治安がいい場所だからこそ、そこまで厳重に警備しないのだろう。

何より、アメリアの隣には帯剣したシグリッドがいる。万が一何者かに襲われても、初手は防げる、と誰もが思っているに違いない。

デイジーが言った通り、臨時市は大変な賑《にぎ》わいをみせていた。

肉を焼く香ばしい匂いが、どこかから流れてきている。立ち並ぶ店は多種多様で、生活雑貨から絨毯などの毛織物、文房具やアクセサリーなど、売っていないものを探す方が難しそうだ。

城から出てきた国王夫妻に注目する者は多かったが、二人がしっかり手を繋いでいるのを見ると、一様に顔を綻ばせ、見て見ぬ振りをする。

「こうしていると、お忍びデートみたいですね」

シグリッドに身を寄せてこっそり囁くと、彼はふ、と頬を緩めた。

「忍んではないが、デートには違いないからな。邪魔しないよう言い含めておいた」

「まあ……！」

思わずあっけに取られてしまう。

目を丸くしたアメリアを優しい眼差しで見下ろし、彼は小さく首を傾げた。

「おかしなことは言っていないだろう？」

「そ、それはそうですが、心臓に悪いです」

空いた方の手で胸を押さえてみせる。

シグリッドは破顔し、「あまり可愛いことを言うな」と咎めた。

柔らかな低音は蕩けるほど甘く、頭がぼうっとしてしまう。

近くの店の主人が向けてくる生温かな眼差しに、頬はますます熱くなった。

人の気配に聡《さと》いシグリッドが周囲の視線に気づいていないはずはないのに、彼は平然とした様子で話しかけてくる。

「気に入ったものがあったら、遠慮なく教えてくれ」

「ええ。あの……実は私、お財布を持ってきていませんの」

腕に提げたレティキュールの中には、扇とハンカチしか入っていない。

小声で打ち明けたアメリアに、シグリッドは悪戯っぽく微笑んだ。

「俺に買わせろ、とお前の侍女は言わなかったか？」

「陛下の楽しみを奪ってはいけない、とは言われました」

「ああ、その通りだ。妃が欲しがるものを買うのは、俺だけの特権だからな」

シグリッドの言葉に、アメリアは甘えることにした。

賑わう喧騒《けんそう》の中を歩いていくのも、あちこちで立ち止まって洒落た品物を見て回るのも、アメリアにとっては初めての経験だった。

全てが楽しくて仕方ない。

澄み渡った青空のもと広がる平和な光景に、胸が熱くなる。

シグリッドが守りたかったものが、形となって表れているような気がした。

護衛の面々は今や、荷物持ちと化している。

デイジーもしっかり買い物を楽しんでいるようで、幾つもの紙袋を提げていた。

「ユーリアも誘いたかったわ。リーンハルト様は、いつお戻りになられますの？」

飲み物と甘味《あまみ》を売っている店が店頭に並べた椅子に座り、搾りたての林檎《りんご》ジュースを飲みながら、尋ねてみる。

デニスが領地に戻ったのは、北部征伐が終わってすぐのことだ。

ユーリアも彼と共に王城を去った為、毎日寂しい気持ちを味わっている。

「夏までには戻ってくると思うが、どうだろうな」

「そんなにかかるのですね。領地で何かあったのでしょうか」

爵位持ちの貴族が自領で過ごすのは普通だが、デニスは近衛騎士団長という王城での要職についている。普段領地を経営しているのは、留守を預かる家令のはずだ。

「王妃が案じるようなことは何もない。もうしばらく待ってやってくれ」

シグリッドの口調は頼もしく、彼がそこまで言うのならきっと大丈夫なのだろう、という心持ちになる。

「そろそろ、戻らねばならないな。他に見たいものはないか？」

立ち上がったシグリッドに問われ、アメリアは慌てた。

「髪飾りを見たいのですが、よろしいですか？」

物珍しさに浮き立つあまり、当初の目的を忘れるところだった。

ドレスの下に提げてきた銀貨のネックレスをそっと押さえる。

これはもう使えないが、夢が叶った記念にできれば買って帰りたい。

シグリッドはアメリアの手をじっと見つめ、瞳を優しく和ませた。

「ああ、もちろん。それくらいの時間はある。行こう」

再び彼に手を取られ、歩き出す。

迷いのない足取りでシグリッドが向かった先に、その店はあった。

ベルベッドの布の上に並べられた髪飾りの数は、三十以上にのぼる。愛らしいデザインのものから、大人っぽいシンプルなものまでバリエーションも豊かだ。

「まあ、なんて素敵なの。これは迷ってしまうわ……！」

無意識のうちに上げた歓声に、店の主人は嬉しそうに笑った。

「ありがとうございます。どれも腕のいい職人が作った一点ものです。どうぞゆっくり見ていってください」

同じデザインのものは二つとない、と言われ、ますます胸が高鳴る。

「デイジーも来て！　一緒に見ましょう？」

後方で待機している侍女を手招きすれば、いそいそと近づいてきた。

「わあ……、これは目移りしますね！」

「でしょう？　どれがいいかしら？」

「そうですね……」

顔を寄せ合うようにして、一つ一つをじっくり見ていく。

目前の髪飾りに夢中になった二人に、周囲の者は微笑ましげな視線を向けた。

「陛下はどちらがいいと思いますか？」

最終的に二つに絞ったあと、傍らに立つシグリッドを見上げる。

彼の顔を見て、アメリアはあっけに取られた。

シグリッドは、尊いものを慈しむような、貴重な思い出を懐かしむような、何ともいえない表情でアメリアを見ていた。

自分の手にあるのが髪飾りであることを改めて認識した途端、ぶわりと全身が総毛立つ。

「両方買えばいい。銀貨一枚では足りなくとも、俺が出す」

その返答に、アメリアの抱いた疑惑は確信に変わった。

シグリッドは、自分の正体に気づいている。

アメリアがあの時の少女だと、銀貨を渡した相手だと、知っている。

（一体いつから……？　それならなぜ何も言わないの？　どうして私を糾弾しないの⁉）

一気に込み上げてきた疑問が胸の内側で渦巻く。

『お前が、俺の唯一だ。俺の妃は、お前しかいない』

耳奥に蘇ってきた台詞に、アメリアは激しく打ちのめされた。

全てを承知の上で、シグリッドはあの台詞を口にした、と今更ながら悟ったのだ。

彼が寝台の中でも外でも、頑なに『クラウディア』と呼ぼうとしないことには気づいていた。もしや、とも思っていた。

だが確信を抱くのが怖くて、今まで深く考えることを避けていた。

わななく唇を懸命に動かし、ぎこちなく微笑む。

「……では、お願いします」

他に言えることは何もなかった。

互いに相手が六年前の思い出の人だと分かっていても、決して口に出すことはできない。

アメリアは死ぬまで、クラウディアで居なければならないのだ。

彼も理解しているからこそ、踏み込んではこない。

目に見えない大きな障壁に、二人は隔てられている。そしてそれは、どれほど想い合おうとも、決して越えることのできない壁だった。

狂おしいほどの切なさに胸が強く締め付けられる。

会計を済ませたシグリッドは、アメリアの髪に買ったばかりの髪飾りを差してくれた。

「よく似合っている」

彼は目を細め、どこまでも優しい声でそう言った。

そっと手を上げ、耳の上の髪飾りに触れてみる。

アクアマリンを花に見立て、金細工を枝に見立てたそれは、デイジーにも「姫様の瞳と髪の色です」と勧められた一品だ。

「ええ、とってもお似合いですわ」

両手を合わせてはしゃぐデイジーに、シグリッドは視線を移した。

「ベルロッタ嬢も選んだのだろう。一緒に買うから店主に見せるといい」

「い、いえ！　私は自分で買いますので！」

「俺の妃にいつも尽くしてくれている礼だ。遠慮するな」

俺の妃、という言葉に、デイジーは「くう……！」と身悶《みもだ》えしている。

衝撃的な事実を知ったばかりのアメリアも、これにはときめかずにいられなかった。

王城に帰りつくまで、シグリッドは終始機嫌が良かった。

うっとりした目でアメリアを眺めては、至極満足げな表情を浮かべる。

アメリアの夢が叶ったことを心から喜んでくれていることが如実に伝わってくる様子に、溢れんばかりの多幸感が込み上げた。

「本当にありがとうございました。今日のこと、ずっと忘れません」

馬車から降りたところで、心からの感謝を伝える。

シグリッドはアメリアの手を握り締め、ぐ、と引き寄せた。

一気に距離が近くなる。彼は長身を屈め、まっすぐに視線を合わせた。

「俺も忘れない。だが、そんな言い方は止めてくれ」

「言い方、ですか？」

意表を突かれ、一瞬思考が止まる。

「まるでこれが最後みたいに言うな。これからだって、幾らでも色んなところへ連れていってやる。お前に見せたい景色はまだまだ沢山あるんだ」

頑固に言い張る彼に、居ても立ってもいられなくなる。

腹の底から突き上げてくる激しい愛おしさのまま、思いきり背伸びをした。

彼の頬に口づけ、誰にも聞こえないよう小声で囁く。

「私の夢を叶えてくれてありがとう」

言い終えた瞬間、温かいもので唇を塞がれる。

突然のことに頭が真っ白になった。

シグリッドに口づけられていると分かったのは、護衛や城門を守る衛兵たちがドッと湧く声が耳に入ってからだった。

第七章　真実が明らかになる時

初夏の太陽が眩く振り注ぎ始めた頃、デニスは王都に戻ってきた。

シグリッドは、騎士団長帰還の報告を聞くが早いか、彼を私室に呼び出した。

北部平定のあと、デニスはしばらく王都を離れると宣言し、近衛騎士団の団長職を副長に預けて王城を去った。

表向きは、自領に戻って領主としての仕事を片付けてくる、ということになっているが、内実はブレスコットへ渡っての調査だ。

デニスは普段、各地どころか各国に放っている腕利きの内偵を通じて情報を集めている。

だが今回ばかりは自分でやりたい、と言い出したのだ。

『信用できない人間を子飼いにしてるつもりはないですけどね。今回ばかりは話がでかすぎる。しばらく連絡もできないと思いますが、のんびり待っていてください』

そう言ってデニスが去ったのと同時に、ユーリア夫人も自領に戻っていった。

デニスが行うことになっている領主としての仕事を肩代わりする為だ。

ユーリア夫人は、頼んだ、というデニスの一言に、理由を問わぬまま『分かりました』と即答したらしい。

王妃はユーリア夫人の不在に『早く戻ってきて欲しいわ』と嘆いたが、それはシグリッドも同じだった。

最愛の妃は、一体どこの誰なのか。本物のクラウディアはどこへ消えたのか。

調査結果を、一日も早く知りたい。

じりじりしながら待つこと、三ヶ月――。

ついにこの日がきた。


「――で？　どうだったんだ？」

完全に人払いを済ませた国王の私室で、シグリッドはデニスと向かい合った。

平静を装ってはいるが、内心は不安と緊張で張り詰めている。

「いや〜、思ったより大変だったよ。王宮の内情を調べる方はまだよかったんだけど、【サロン・ステラ】のガードがめちゃくちゃ堅くてさ。あれは高級娼館っていうより、王侯貴族が耳目を憚る密談をする為の隠れ家だな。娼婦もいるにはいるけど、目くらましって感じ」

王妃が働いていた店の名に、ごくりと喉を鳴らす。

息を詰めて話の続きを待つシグリッドに、デニスはにこ、と笑った。

「あんまり焦らすとお前の血管が切れそうだから、結論から先に言うけど、クラウディア王女は【サロン・ステラ】で働いてたよ。今は「クラウ」と名乗って、毎日元気に洗濯してる。汚れ物を綺麗にするのは最高に気分がいいんだと。繕い物も得意だから、ゆくゆくは独立して仕立物屋を開くつもりらしい」

「――……は？」

突拍子もない話に、脳が理解を拒む。

クラウディア王女が生きていることは分かったが、そこから先がまるで分からない。

一国の王女が今は洗濯婦をしている、と彼は言ったのか？

目を大きく見開いたまま固まったシグリッドには構わず、デニスは報告を続けた。

「あとうちの姫さんの本名は、アメリア。ブレスコットの前王陛下が残した唯一の子なんだそうだ。現国王の姪で、クラウディア王女とは従姉妹ってことになる。アメリア王女は自分の出生をずっと知らずに育ってきたらしい。ちなみに姫さんの母親は【サロン・ステラ】のオーナーで、元侯爵令嬢だ」

一気に入ってきた情報に、「待て、ちょっと待て」と両手を上げる。

大人しく待っているデニスに、シグリッドは混乱のまま首を振った。

「……いやでも、彼女はあの日、芋を洗って剝いていたんだぞ？」

「それはほら、オーナーの娘だからな。急病人でも出て、代わりに厨房に立ったんじゃないか？」

シグリッドは近くにあった椅子の背を摑み、額を押さえた。

彼女は王族の関係者ではないかと、式の時には確かに思った。

だが、断定できるほどの証拠はなかったし、何より本人が激しい罪悪感を抱いているように見えた。

ブレスコットの王家と何の関係もない平民の娘だから、余計にこちらを騙している現状が苦しいのだろう。シグリッドはそう推測していた。

だが、蓋を開けてみればどうだ。

彼女は──アメリアは、紛れもなく王女だった。

未婚のまま逝去した前王が残した、たった一人の忘れ形見。それが彼女だ。

シグリッドと結ばれるのに、何の瑕疵《かし》もない娘だ。

ようやく理解した瞬間、言葉にはできないほどの深い安堵に包まれた。

たとえ誰を敵に回しても、シグリッドは彼女を自分の妻として傍に置き続けるつもりだった。王妃の素性に気づき、離縁しろなどと進言する者が現れたら、王座など捨てるつもりでいた。

ジスランは『それならなぜ、俺から奪った！』と地獄でさぞ悔しがるだろうが、知ったことか。シグリッドが初めて自ら欲した唯一。それが王妃なのだ。

かけがえのない存在が与えてくれる温もりを知った今、彼女に出会う前の生き方には戻れない。

心の底で固めていた悲壮な決意を、明らかになった真実が笑ってくる。

「……ジョルジュ国王と直接話す。俺の妻の本当の名前を、返してもらう」

低く掠れた声で宣誓する。

デニスは小さく肩を竦め、「そうくると思ったよ」と苦笑した。

「ってことで、すでに会談の段取りはつけてある。ゴーチェの件が片付いてない状態でお前が国を空けるのはよろしくないからな。あちらさんに来てもらうことになった。向こうの訪問理由は、嫁いだ王女の様子を見に来る為。近いうちに外務卿から正式な話があるはずだ。初めて聞いた顔で、了承してくれよ？」

「ああ、もちろん。お前に頼んでよかった！」

感極まったシグリッドは身体を起こし、がし、とデニスの肩を抱いた。

「本当にありがとう。恩にきる！」

珍しく感情をあらわにして喜ぶ国王に、デニスは安堵めいた息を吐いた。

「恩にきてくれるんなら、俺もありがたい。じゃあ、早速俺と一緒にユーリアのところに行ってくれ」

「……ん？　夫人も一緒に王城に来たんじゃないのか？」

シグリッドは嫌な予感を覚えつつも、確認してみる。

「ああ。別々の馬車だが、一緒には来た。今頃、王妃様のところに挨拶に行ってるんじゃないかな」

デニスはけろりと答えたが、どこかバツがわるそうな顔をしている。

「お前……一体、何をしたんだ」

別々の馬車、という部分にシグリッドは眉をひそめた。

「何もしてないよ。それはホント。ただ、調査の為に入り浸った【サロン・ステラ】の請求書がすごいことになってさ。お前に払ってもらおうと持って帰ってきたんだよ。そしたらそれが、ユーリアに見つかっちゃって。高額な請求書だけなら何とか誤魔化せたんだけど、遊んだお姉さんからのメッセージカードが封筒に一緒に入ってて……」

シグリッドはデニスの肩から腕を外し、大きく一歩下がった。

「……俺は浮気してこいとは命じてない」

冷ややかな目つきで言い放つと、デニスは「違うんだって！」と慌てた。

「当然ヤってないからね？　楽しくお喋《しゃべ》りして過ごしただけなんだけど、最終日に『お兄さんにならお抱かせてあげる』って言われてさ。据え膳もったいないと思いつつも涙を飲んで断ったら、仕返しされたんだよ！」

彼の赤裸々過ぎる言い訳に、シグリッドはふん、と鼻を鳴らした。

「自業自得だな。お前の下心が相手にも見えたんだろう」

「いやいや、俺に手厳しすぎない？　すごい美女だったんだぞ！　あと、その虫けらを見るような目もやめろ！」

わーわーと喚《わめ》くデニスを残し、私室を出る。

シグリッドが足早に向かったのは、王妃の部屋だ。

軽くドアを叩いて名乗れば、すぐに侍女が出てきて中に通してくれる。

デニスが言った通り、部屋にはすでにユーリアが来ていた。

ハンカチで赤くなった目元を押さえる夫人の様子から察するに、ちょうど夫の不貞行為について話していたところなのだろう。

ユーリアはシグリッドの姿を見るが早いか、慌てて部屋を出ようとした。

そんな彼女を「リーンハルト伯夫人」と呼び止める。

「デニスを許してやって欲しい。もとは、俺が頼んだことなんだ」

「あれが、陛下の？　それはどういう……」

唖然とした顔で問い返してきた夫人に、王妃の素性を知った様子はない。

単に夫が息抜きに出かけた先で遊んできたと思っているのだろう。

「詳しい事情はデニスから聞いてくれ。俺が許したと言えば、今度こそきちんと弁明するはずだから。それに、結局デニスは娼妓に指一本触れなかったと言っていた」

指一本くらいは触れただろうな、と心の中で思いながら、だが自分の為に身を粉にしてきてくれたのだから、と大げさに伝える。

「操《みさお》を立てたのは、夫人を失いたくないからだ、と言っていたぞ。手練手管に長《た》けた夜の女に迫られても、結局は靡《なび》かなかったんだ。彼の心情を汲《く》んでやってくれ」

ユーリアは半信半疑な様子で聞いていたが、最終的には「陛下がそこまで仰るのでしたら」と折れた。

「クラウディア様、大変申し訳ありません。先ほどのお願いは一時保留にさせてくださ い」

夫人は王妃に向かって丁寧に一礼し、そんなことを言う。

「ええ、もちろんよ。リーンハルト様としっかり話し合ってきて」

王妃が労わるように答えると、ユーリア夫人は足早に部屋を出て行った。

場の空気を読んだのか、侍女も「控室におります」と言って、席を外す。

二人きりになった部屋で、王妃はゆったり微笑んだ。

「シグリッド様もどうぞお座りになって。ポットにはまだ淹《い》れ立《た》てのお茶が残っているの。茶器だけ新しいものにすればいいわよね？」

「ああ、頼む。それと、邪魔してすまなかった」

「それはいいの。誰も気にしていないわ」

突然押しかけたにもかかわらず、こうして温かく迎えてくれる彼女に、もう幾度感じたか知れない愛おしさを覚える。

「夫人が言っていた『先ほどの願い』とは、何のことだ？」

どうにも気になって尋ねれば、王妃はふふ、と悪戯っぽい顔で微笑んだ。

「リーンハルト様との離婚を陛下の代わりに承認して欲しい、という願いよ。リーンハルト様に直接頼んだのだけど、別れるつもりはない、の一点張りだから、強制離婚に踏み切りたいと言っていたわ」

シグリッドはあっけに取られた。

まさかそこまで話がこじれているとは思わなかったのだ。

もとはと言えば自分がデニスに調査を頼んだせいだ、と申し訳ない気持ちになる。

「夫の不貞が理由なんですもの、大司教様の許可はすぐに下りるだろうけど、陛下はリーンハルト様贔屓《びいき》だからなかなか認めてくれないかもしれない。王妃様でも許可はできるから、と頼まれていたの」

「それは……間一髪だったな」

テーブルの上に載ったままの書類に目を遣り、嘆息する。

ゼーフェラングでは配偶者の合意が得られない場合でも、国王または王妃、そして大司教がそれを認めれば、正式に離婚することができる。

すでに離婚願いの届けまで作ってきているところが、何ともユーリア夫人らしい。

「娼館で遊んだだけなのだから、と私も昔ならリーンハルト様を庇ったかもしれない。でも今は、ユーリアの気持ちが分かるの。相手がたとえ玄人でも、よその女性に目移りされるのは辛いわ」

昔なら、というその言葉に、シグリッドは瞳を瞬かせた。

娼館の厨房で楽しげに芋を剝いていた少女の姿が、脳裏を過ぎる。

アメリアは二人分の茶を淹《い》れ直すと、カップをそれぞれの前に置いて腰を下ろした。

薫りの良い茶を一口飲んで喉を湿らせたあと、静かにカップをテーブルに戻す。

「実は俺も娼館には行ったことがあるんだ」

逸《はや》る気持ちを懸命に抑え、そう切り出す。

王妃は顔を顰め、窘《たしな》めるような視線をこちらに向けた。

「聞きたくないわ。話さないで」

「俺はお前以外の女を知らない。それは誰よりお前が分かってるだろう?」

初夜での出来事を仄めかせてみたが、アメリアは「それでも嫌よ」と眉根を寄せる。

何とも愛らしい悋気《りんき》に頰が緩みそうになるが、ここで止めるわけにはいかない。

本題はここからなのだ。

「六年も前の話になる。俺は兄上の見張り役として、ブレスコットのとある娼館へ行くことになった」

シグリッドの昔話に、彼女はハッと顔色を変えた。

それから慌てて視線を逸らし、茶を飲むことに専念し始める。

分かりやすい反応に、シグリッドは今後こそ微笑んだ。

「兄上は早々に眠らされてしまってな。居場所がなくなった俺が行きついたのは、厨房だった。そこで俺は、芋を剝いている少女と出会ったんだ」

そこまで話しても、アメリアは頑なに顔を上げようとしない。

何とかしてこちらを向かせたくなったシグリッドは、一計を講じた。

銀貨を握りしめて眠っていた彼女のことだ、きっとあの時のやり取りの詳細も覚えているはず、と賭けに出る。

「とても愛らしい少女だった。俺は彼女に一目で惚れて、国に帰ってもまた会いたいと片膝をついて希《こいねが》った。俺たちは再会を約束し、俺は約束の証として彼女にゼーフェラングの銀貨を──」

「そんなの嘘よ！」

予想通り、王妃は我慢できないといわんばかりに顔を上げて叫んだ。

それから、あ、と小声で零し、きつく拳《こぶし》を握りしめる。

「違ったか？　では本当はどうだったか、お前の口から教えてくれ、アメリア」

優しく問うシグリッドに、彼女は唇を震わせた。

澄んだ空色の瞳が逡巡《しゅんじゅん》に揺れる。

「俺が渡した銀貨を、お前はペンダントにしてこの国にも持ってきただろう？　俺があの時の男だと、できればすぐに気づいて欲しかった」

怯えなくてもいい。恐れなくてもいい。

真実が明らかになったとしても、決してお前を傷つけないし、誰にも傷つけさせはしない。そんな決意を込めて話しかける。

食い入るようにシグリッドを見つめていたアメリアは、やがて強張っていた肩から力を抜いた。

「……いつ、私だと気づいたの？」

耳をそばだてなければ聞こえないほどの声で問われる。

(これで俺たちの間に、もう秘密はない。そうだな？)

ようやくここまで来たという思いに深く胸を満たされながら、口を開く。

「結婚式でお前のヴェールを上げた時だ」

再会したその日にはもう気づいていた、と得意げに明かしたシグリッドに、アメリアは力なく微笑んだ。

「……それなら私の方が先だわ。私はあなたが『銀貨の君』だと知って、身代わりになることを決めたのですもの」

これにはシグリッドも驚いた。

目を見開いてまじまじと彼女を見つめ返す。

「ジョルジュ陛下からクラウディア様の代わりに隣国に嫁いで欲しいと頼まれた時、母は言ったの。あなたの好きにしていい。断りたいのなら、どこへでも逃がしてあげる、って。正直そうしようかとも思ったわ。でもクラウディア様のことも見捨てられなくて。迷う私に母はあなたの正体を教えてくれた」

アメリアの打ち明け話に、ジスランを子猫のように扱った女主人の姿を思い出す。

当時もそのしたたかで鮮やかな手腕に、これほど強い女性もいるのかと感心したものだが、改めてその思いを深める。

かのオーナーならば、シグリッドが六年前身分を隠して【サロン・ステラ】に来た男だと気づいてもおかしくない。

「母君は、俺についてなんと？」

純粋な興味から尋ねてみる。

アメリアは懐かしげに瞳を細めた。

「ゼーフェラングの国王様が『銀貨の君』なのよ。あなたの初恋よね？　——母はそう言ったわ。きっと『銀貨の君』があなたを守ってくれる、とも」

シグリッドはあっけに取られた。

驚きのあとに襲ってきた感情は、圧倒的な後悔だった。

周囲から隠されるように狭い世界で生きてきたアメリアが、初めて淡い想いを抱いた男は、彼女に一体何をした？

アメリアの母が信じた『銀貨の君』は、彼女が思うような立派な男ではなかった。

重臣や高官のみならず使用人たちにも親しみ深く接し、労わるアメリアを、シグリッドは大嘘つきの魔女だと断じた。

執務に追われて疲れ切っているシグリッドを気遣って手作りの軽食を差し入れたり、夜遅くまで眠らずに待っていたりと心を尽くすアメリアの真意を疑い、『二度と視界に入るな』と言い放った。

今すぐあの日に戻ることができたなら、と強く思う。

アメリアを傷つけた過去の自分を蹴り倒し、殴りつけてやりたい。

「……すまない。俺はお前を守るどころか、傷つけた」

微かに震えた声が喉から漏れる。

王妃は弾かれたように立ち上がり、シグリッドの頭を抱え込んだ。

顔に感じる柔らかな温もりにたまらなくなる。

「許してくれ、アメリア。愚かな俺を許してくれ」

彼女を抱き締め、ただそれだけを願う。

アメリアは激しく首を振り、シグリッドの頭に頬を擦りつけた。

「あなたは悪くないわ！　……どうして私を責めないの？　あなたやユーリアや、優しいみんなを平気な顔で騙した女だわ。真実を明かす機会は何度もあったのに、私は言わなかった。あなたを死ぬまで騙し続けると決めていたからよ」

酷く自罰的なその言葉に、シグリッドは反論せずにはいられなかった。

「それは、国の為だろう？　お前が何かを決める動機は、いつだってそうだ。従姉妹を見捨てられないとお前は言った。そうして身代わりになることを決めたお前が従姉妹の次に背負ったのは、ブレスコットだ。本物のクラウディアではないことが明らかになれば、母国の民を危険に晒すことになる。お前は何よりそれを恐れたはずだ」

シグリッドも立ち上がり、アメリアの両頬に手を当て、自分の方を向かせる。

空色の瞳からは大粒の涙が溢れていた。

「……頼むから、これ以上自分を責めるな。お前が傷つくのを黙って見てはいられない。心から、愛しているんだ」

衝動に突き動かされるまま告白し、濡れた眦《まなじり》に口づける。

アメリアはとうとう声を上げて泣いた。

これまでどれほど彼女が苦しんでいたか否応なく伝わってくる手放しの号泣に、胸が深く抉られる。

「私だって、愛してるわ。あの時、ここへ来ると、決めてよかった」

嗚咽の合間に途切れ途切れの返事が聞こえてくる。

「俺は必ずお前の名前を取り戻す。信じて待っていてくれ」

決意を籠《こ》めて囁けば、アメリアは何度も頷き、信じると約束してくれた。

◆◆◆

アメリアと約束して二カ月が経ったその日――。

シグリッドが待ち望んでいた知らせが、ついに入ってきた。

「ブレスコット王国のジョルジュ国王一行が、セスカ河の砦《とりで》を通過したそうです」

かしこまった態度でそう告げた国境軍の兵士を労い、マントを羽織る。

ジョルジュがブレスコットを出立したという報告はすでに受けていた。

今か今かと待ちわびていたが、早馬での知らせが今届いたということは、すでに王都の近くまで移動してきているはず。

シグリッドは長剣を腰に佩《は》き、僅かな時間も惜しいとばかりに執務室をあとにした。

途中で追いついてきたデニスを従え、城門前に用意させておいた馬車に乗り込む。

馬車が動き出すとすぐ、デニスは眉をひそめてこちらを見遣った。

「おいおい、姫さんに一言残してこなくてよかったのか？」

「近日中に到着するだろうという話は、昨晩しておいた。その時もひどく気を揉んでいたんだ。あれ以上不安にさせたくない」

「ああ、そういう……。まあ、大丈夫だろ。俺の見立てじゃ、向こうの陛下も王妃様のことをかなり気にしていたようだから」

「ジョルジュ国王が？」

「ああ。あっちの兄弟仲はかなり良かったらしい。大好きな兄上が残した忘れ形見に、むごい仕打ちをしたとか何とか。ようは、後悔してるってことだろ」

なるほど、と頷き、かつて一度だけ目にした恰幅《かっぷく》の良い姿を思い浮かべる。

亡き兄を敬愛しているという話もさもあらんといった、温和で実直そうな男だった。

シグリッドがゼーフェラングの国王としてジョルジュの前に立つのはこれが初めてだ。

今回持ち掛ける予定の提案は、ブレスコットに負担を強いるものではないはず。

（……頼む、どうか受け入れてくれ）

シグリッドの切なる願いは、翌日あっさりと叶えられた。

王都まで一日半という距離にある宿場町に、ジョルジュは宿を取っていた。

高級宿屋の主人は、突然やって来たシグリッドに唖然としていたが、デニスが事情を話すと、急いで一室を用意し、会談の場を作ってくれた。

「助かったよ、感謝する。ここで待っていると、ブレスコットの国王陛下に伝えて欲しい。それと、しばらくこの階には誰にも近づかないよう取り計らってくれるか？」

デニスがこっそり握らせた金貨の袋が効いたのだろう、完全に人払いが済まされた部屋にジョルジュがやってくるまで、そう時間は掛からなかった。

彼は近衛騎士と侍女を一人ずつ連れて、部屋に入ってきた。

「お互い、伴は一人だけ。そういう約束ではありませんでしたか？」

俯き加減で控える侍女を見て、デニスが硬い声を出す。

「ああ。だが、どうしても自分の口から詫びたいというので、仕方なく連れてきた」

ジョルジュはそう言うと、侍女を目顔で促した。

茶色い髪をおかっぱに揃えたその娘は、震える足を一歩踏み出したかと思うと、勢いよくその場に平伏した。

「すべては私の不徳の致すところです。どのような罰も受けます。どうか王妃様を責めることだけは、おやめください。お願いします。どうか、お願いします！」

上擦った声で懇願しながら何度も頭を床につける娘に、シグリッドは唖然とした。

「いや、待て。一体なにを──」

「王女殿下～。勘弁してくださいよ。うちの陛下が驚いてるじゃありませんか」

デニスが足早に歩み寄り、娘の腕を取って引っ張り上げる。

よろめきながらも立ち上がった娘は、キッとデニスを睨みつけた。

「私はもうそんな風に呼ばれる人間ではありません」

「あーはい。そうでしたね。えーと陛下。こちらがクラウさんです」

デニスの雑な紹介に、シグリッドは大きく目を見開いた。

では、この突然土下座してきた娘が、本物のクラウディアなのか？

信じられない気持ちで、娘の姿を凝視する。

髪型や髪色はもちろん、そばかすの散った鼻や日に焼けた肌、おどおどとした表情まで、まるでアメリアとは似ていない。

造作は似ているのかもしれないが、受ける印象が違い過ぎるのだ。

「では、あなたが本物の……？」

未だに信じられない気持ちで確認すると、娘は小さく頷いた。

「で、でも今はただのクラウです。本当なら陛下の前に出られるような身ではないのですが、入れ替わりの件を陛下がお知りになったと聞いて、それで……」

怯え切った明るい空色の瞳が、みるみるうちに潤んでいく。

確かに目の色は同じだ、とシグリッドは気づいた。

だが晴れた冬の空を連想させるアメリアの瞳とは、やはり違う。

クラウディアの瞳の色は、王妃より淡く頼りなかった。

「全て私が悪いのです。どうか、王妃様を手酷く扱ったりしないでください」

彼女は再び先ほどと同じ懇願を口にし、深々と頭を下げた。

「もう止めてくれ。誰に言われずとも、王妃は俺にとってかけがえのない唯一の人だ。この身をかけて守ると誓う。決して傷つけはしない」

もう二度と、と心の中で付け加え、宣言する。

クラウディアはああ、と小さく呻いたあと、その場に崩れ落ちた。

シグリッドはぎょっとしたが、ジョルジュやデニスは慣れているらしい。またか、といわんばかりの表情を浮かべている。

気絶した王女に慌てて駆け寄ったのは、ブレスコットの近衛騎士だ。

「クラウ様、お気を確かに！」

彼女を抱きかかえ、懸命に呼びかける騎士に向かって、ジョルジュは口を開いた。

「もう良い。彼女を連れて下がっていなさい」

「ですが、それでは陛下が……！」

「よいのだ。シグリッド王は信に足る方とお見受けした。万が一のことがあってもそれは、私の目が曇っていたということ」

毅然とした態度で命じるジョルジュに騎士は逡巡していたが、主を翻意させることはできないと悟ったのだろう。クラウディアを抱き上げ、渋々退室していく。

扉が締まるのを待って、シグリッドは拳を胸に当て感謝を示した。

「信じてくださったこと、ありがたい。あなたの安全はこの俺が保証しよう」

「それは頼もしい。では互いの安全が分かったところで、早速本題に入ろう」

彼の提案を、シグリッドは喜んで受け入れた。

テーブルについてすぐ、ジョルジュは真剣な態度で「本当に申し訳ない」と詫びた。

「貴殿も見ただろう。我が娘は王女であるにはあまりにも気が弱く、臆病だ。国の為に生きる覚悟も度量もない。私がもっと早くそれに気づいていれば、今回の事態にはならなかった。クラウディアではとても無理だと、ジスラン殿に伝えるべきだった」

深い後悔が滲むその言葉に、シグリッドは首を振った。

「兄にそんなことを言うのは、逆効果だ。弱みを見せた途端、クラウディア姫に興味を抱いたことだろう。約定を盾にそちらに乗り込み、無理やり王女を攫うことすらやりかねない男だ。そうなれば、彼女は今頃生きてはいなかった」

「なんと……」

ジョルジュが驚愕に目を見開く。まさかジスランがそこまで狂暴な男だとは思っていなかったに違いない。

「クラウディア姫にしても、結婚を頑なに拒むほど恐れていた俺に向かって物を言うのはさぞ勇気がいったことだろう。国を背負う覚悟はできずとも、従姉妹の為に身を投げ出す覚悟はできたということだ。恐れを乗り越え、自分以外の誰かの為に命を懸けることのできる人間はそう多くない。あなたは自分の娘をもっと誇っていい」

「……そうだな、貴殿の言う通りだ」

ジョルジュは深々と嘆息し、それからまっすぐシグリッドを見つめた。

「娘は、王女でなくなることを心から望んでいる。二度と王宮に戻るつもりはないと、髪を短く切り、色を染め、別人になろうと必死だ。アメリアはどうだろう？　兄上は最後まで彼女と彼女の母親のことを気に掛けていた。二人を頼むと、私に頭を下げた。だが私はこれも全て国の為だから、と忘れた振りをしたのだ」

慙愧に満ちた彼の言葉を、シグリッドは静かに受け止めた。

唇を震わせ拳を握りしめたジョルジュは、呼吸を整えると、再び口を開く。

「アメリアがこれからどうしたいと思っているのか、真実を教えてもらいたい。もしも彼女がブレスコットに戻りたいとほんの少しでも思っているのならば、私は今回の騒動の全容を国民に発表し、ゼーフェラングに違約金を払う」

違約金の額は国の税収の三分の一程度にあたる莫大なものだ。

何故そこまで高くしたのか、と父王、そしてリカルド王を問い質したい気持ちになるが、二人とももう墓の下で永遠に答えを知ることはできない。

国民からの反発や非難はもちろん、重臣たちからの突き上げもかなりのものになるだろう。それでもアメリアを不幸にするよりは、と決断に踏み切ったジョルジュに、シグリッドは深く感じ入った。

彼もシグリッドも、国王としては失格なのかもしれない。

だが、国の為だからと王族を犠牲にして憚らない国王より、兄の遺児の為に覚悟を固めたジョルジュの方が何百倍も好感が持てる。

「違約金を払ってもらうには及ばない。アメリアは俺を愛してくれている。貴殿にもすぐに俺が嘘をついていないと分かるだろう。それに彼女が亡きリカルド王の娘だというのなら、まさしく約定通りの王女だ」

シグリッドはそこまで言うと、懐から筒状の誓約書を取り出した。

デニスの報告を受けてすぐ、尚書卿に命じて探させたものだ。

ゼーフェラングとブレスコット両王家の封蠟《ふうろう》で閉じられた書状を、ジョルジュの前で広げていく。

「これは我が父が、亡きリカルド国王と結んだ約定を証しする正式文書だ。そちらにも同じものがあるはず。この文書には、こう記されている。『永続する両国の友好を祈願し、ゼーフェラングの次期王妃はブレスコット王家から迎え入れることを互いに約束する。ブレスコットに王女が産まれなかった場合は、次の世代に託すこととする』――どこにもクラウディア王女の名前はない。ここで約束されたゼーフェラングの王妃とは、ブレスコット王家の娘のことだ。つまりアメリアであっても何の問題もない」

ジョルジュは半信半疑といった様子で、こちらを見遣った。

「……では、この度の身代わりについて貴殿はブレスコットに何の罰則も求めず、このままアメリアとの婚姻を継続すると?」

「ああ、そうだ。ただし、我が妃の名は返してもらいたい。アメリア王女の存在を公にし、クラウディアの代わりに我が国に嫁がせたと、国内外に発表して欲しい。俺がクラウディアではなく、アメリアを望んだことにしてくれても構わない」

「それは願ってもない話だ」

ジョルジュは即答した。

違約金を払わなくていいというのなら、彼が想定してきた落としどころの範囲に充分収まる話だ。断る理由はどこにもないと思ったのだろう。

「それなら、嫌がるクラウディアの代わりにアメリアが嫁いだと、本当の経緯を発表させてもらう。私はアメリアを王女と認め、クラウディアからは王女の身分を剝奪《はくだつ》する」

デニスは「え⁉」と驚きの声を漏らしたが、シグリッドには彼の親心が分かった。ただの『クラウ』になることを切望している王女には、これ以上ない吉報だ。

「では、そのように」

シグリッドが広げた誓約書を再び丸めると、シグリッドが封蠟の為の準備を始める。筒状に戻った文書に、ジョルジュとシグリッドがそれぞれの指から外した指輪印章で封蠟を施したところで、身代わり騒動についての密談は終わった。

宿屋の主人は「今から王都へ戻るとなると、夜通し馬車に揺られることになります」と宿泊を勧めたが、「申し出は有難いが、時間が惜しい」と答えてそれを断る。

ジョルジュはこの宿にもう一泊して、ブレスコットに手紙を書くという。

「役付きの重臣たちには出立前に全てを打ち明け、私の心づもりを伝えてきたのだ。今頃宰相は財務大臣と共に、今年の予算から違約金を捻《ひね》り出そうと血眼になっていることだろう。過労で倒れられては敵わない。違約金の算出の目途は付けずともよくなった、代わりにアメリア王女の存在を発表する準備に取り掛かって欲しい、とそう書き送る」

彼の説明にシグリッドは是非頼む、と返し、一旦別れることにした。

だが遅くとも明後日には、また王城で顔を合わせることができるだろう。

これで、何の憂いもなくアメリアの名を呼ぶことができる。

シグリッドは満ち足りた思いで、再び馬車に乗り込んだ。

同乗したデニスは座席の背もたれに身を預け、行儀悪く足を組んだ。

「いやー、よかったな。クラウ姫には驚いたが、全部丸く収まったじゃないか」

「ああ、想像以上に話が分かる相手でよかった。お前にも本当に世話になったな。……そうだ、あれからユーリア夫人とはどうなった？」

離婚が決まったという話は聞かないから大丈夫だろうとは思っていたが、良い機会だと尋ねてみる。

デニスは何とも微妙な表情を浮かべた。

「お前が庇ってくれたお陰で離婚は免れたよ。強制離婚されてたら、その手で俺を殺せと迫らなきゃいけないところだった」

「……俺が言うのもなんだが、物騒《ぶっそう》すぎないか？」

「いやだって、ユーリアに捨てられたら生きていけないし、俺が生きてる間は絶対に離すつもりはないし？　あいつが本気で縁を切りたいなら、俺を殺すしかないだろ」

デニスの気持ちはよく分かるが、それほど夫人が大事なのであれば、そもそも他の女の誘いにふらつくなと言いたい。

「うわ、もうほんとその目やめて。次はないから。どんな美女に裸で迫られても、お前に成り切って『……俺に触るな』くらいは言うから」

シグリッドの真似をしたつもりなのか、そこだけキリリとした顔で低く発音したデニス

に苦笑が零れてしまう。

「似てないぞ」

「いや、絶対似てる。自信ある。王妃様に判断してもらおう」

「そんなくだらない話にアメリアを巻き込むな」

「いいだろ、別に。まあ真面目で四角四面なお前には真似できないよなー」

分かりやすい挑発に、シグリッドは敢《あ》えて乗ることにした。

王都までの時間潰しにはなると思ったのだ。

「できるさ。いくぞ？ 『……こんな可愛い子を抱ける機会を逃すなんて、俺としても不本意なんだけどさ。大事な人を泣かせるのはもっと駄目だろ？ だから、ごめんね』」

ごめんね、のところは少し語尾を上げ、あざとさを出してみる。

「ぶはっ！ うわ、なにそれ、既視感ある～、何の真似⁉」

衝撃のあまり座席からずり落ちそうになったデニスが、腹をかかえて笑い出す。

「お前が【サロン・ステラ】の娼妓に言ったであろう台詞の真似だ」

「……お前ほんとは見てただろ？」

そこから何故か、どちらがより似ているか決着をつける為の勝負が始まった。

互いが言いそうな台詞を口にしては、似ている似ていないで揉めて、最後は噴き出す。

我ながら馬鹿らしいことをしている自覚はあったが、この一年半というものずっと心を悩ませていた問題が無事解決の目途を迎えたことで、気分が沸き立って仕方ない。

もう一つの懸念材料であるゴーチェ・デュフォールについても、すでに証拠は摑んでいる。デニスが見張りをつけていることにも気づいた素振りはない。

北部征伐が終わって半年経った今なお、自らに対し何の動きも見せないシグリッドに、すっかり油断しているのだろう。

あとはどんな言い逃れもできぬよう、用意周到に追い詰めるだけだ。

シグリッドはそう考えていたが、ゴーチェの意見はまた違った。

彼が何の為に国外に出たのか――その答えをシグリッドが突き止める前に、事態は動いた。

◇◇◇

シグリッドが王都を出て、ジョルジュとの会合に向かったその日の晩――。

アメリアは久しぶりに一人で寝台に入った。

夫と離れて過ごした冬の間中、眠りに就く度に感じた胸に食い入るような寂しさは、今はもうない。恋しく思う気持ちに変わりはないが、心は安らいでいる。

たまにはのんびり独り寝を楽しむのも悪くない。

そんな風に余裕をもって構えていられるのは、明日の夜にはシグリッドが隣にいると信じられるからだ。

きっと彼はいつものように隣に寝そべり、ジョルジュ国王との会談の様子を話して聞かせてくれるだろう。

アメリアが本来の名を取り戻し、正式な王妃としてシグリッドの隣で生きていく——それが二人の望んだ未来だ。

彼は必ずそうしてみせる、と誓ってくれた。

（心配なんてしない。私はシグリッド様を信じるわ）

自分に言い聞かせ、そっと目を閉じる。

深い眠りに引き込まれるまで、アメリアは吉報を受け取る場面を何度も想像した。


次に目が覚めた時、辺りはまだ薄暗かった。

完全には開かない瞼《まぶた》を擦ろうとして、アメリアはハッとした。

手が動かないのだ。

わけがわからないまま薄闇に眼を凝らしたアメリアは、鋭く息を呑んだ。

いつの間にか両手首が胸の前で一つに縛られている。

身体を起こそうにも、両手が使えないせいで上手くいかない。

力任せに手首を動かせば、隙間なく巻きつけられた麻縄がきつく肌に食い込んだ。しばらく奮闘してみたが、自力では解けそうにない。

夜明けが近づいてきたのだろう、カーテンの隙間から差し込む陽光が薄闇に沈む部屋の全貌を炙りだし始める。

そこでアメリアはようやく、ここが国王の寝室ではないことを知った。

天蓋付きの大きな寝台の上に仰向けになっているという状況は就寝前と同じだが、部屋の内装がまるで違う。

調度品の一つもない殺風景な部屋に、見覚えはなかった。

（ここはどこなの？　一体、誰がこんな真似を？）

不安と恐怖で震えそうになる足を、そっと動かす。

埃《ほこり》をかぶっているのか、やけにザラつくシーツに眉をひそめたのも束の間、左足首に冷たい金属を感じた。身体を横に捻って、足元を見てみる。

アメリアの左足首には鉄枷が嵌められ、繋いだ鎖の先は寝台の下に伸びていた。

右脚は自由に動かせるが、左脚は鉄枷のせいで殆ど動かない。

「なに、……なんなの？」

理解不能な状況に、ついに声が漏れる。

「ああ、お目覚めでしたか、王妃陛下」

離れたところから突然聞こえた声に、アメリアはぎくりと身体を強張らせた。

おそるおそる声の方に顔を向けると、無人だと思っていた部屋の壁際に立っている一人の男が見える。

「デュフォール伯……！」

アメリアは唖然とした。

結婚式の祝宴で挨拶を受けて以来、一度も見かけなかった元宮内卿が犯人だと分かっても、にわかには信じられない。

王妃が城から消えたことに、皆はすぐ気づくだろう。王の不在を狙って王妃を攫ったと分かれば、その場で処刑されてもおかしくないのだ。

「こんな真似をして、どうなるか分かっているの？　今すぐ私を解放しなさい」

無駄だろうとは思ったが、試しに警告してみる。

まずは、何故突然暴挙に出たのか、彼の意図を知りたかった。

「それはできません。そもそも私に命じることなど、あなたにはできないはずだ。そうでしょう？　だってあなたは、クラウディア王女ではないのだから」

得意げな彼の返答に、アメリアは深く嘆息した。

どうやらゴーチェは、王妃の正体を知って行動を起こしたらしい。

反乱の狼煙《のろし》を上げる代わりに自分を攫ったのではないと分かっただけでも、安心できる。

「陛下はご無事なのですね？」

念の為確認すると、ゴーチェは意外そうに両眉を上げた。

「それはどういう意味でしょう？　この私が陛下に害をなすとでも？　見当違いにも程がありますな。私は陛下に忠誠を誓っているからこそ、傍に侍《はべ》る毒婦を捨て置くことができなかったのです」

彼の口から出た『忠誠』という言葉のあまりの軽さに、思わず失笑してしまう。

笑ったアメリアを見て、ゴーチェは苛立たしげに口調を荒らげた。

「こんな状況でもまだそんな態度が取れるとは、さすがはブレスコット屈指の高級娼婦だ！　女性に不慣れな陛下をたぶらかすのは、さぞ簡単だったことでしょう」

「ブレスコット屈指の高級娼婦？　私が？」

アメリアは驚き、問い返した。

彼は一体、どんな情報を摑まされたのだろう。アメリアが【サロン・ステラ】にいたことは知っていても、オーナーの娘であることまでは知らないようだ。

訝《いぶか》しがるアメリアを見て、ゴーチェは余裕を取り戻した。

「ええ。あなたが許可してくれた国外旅行のお陰で、すっかり調べはついているのですよ。本物のクラウディア王女は、陛下との結婚を嫌がっていた。あなたはそんな王女に取り入って、身代わりになることを提案したのでしょう？　王女と見た目はそっくりだそうですね。だが、性根はまるで違う。成り上がる為ならどんな手段も厭《いと》わない商売女。それがあなただ」

「あははっ」

今度こそアメリアは声をあげて笑った。

【サロン・ステラ】の存在に気づいたまではいいが、ゴーチェは店の中に入れなかったのだ。それもそのはず。どれほど外面を取り繕ったところで、本心では女性を見下している。そんな彼を、母が受け入れるはずがない。

だからゴーチェには分からなかった。

あの店には金で買われる女など、一人もいないということに。

「なにがおかしいのです！」

言葉ではアメリアを傷つけられないと知ったゴーチェは、戦法を変えた。

つかつかと寝台に近づき、アメリアの胸を鷲掴《わしづか》みにする。

容赦のない力に顔が歪みそうになったが、アメリアは笑みを崩さなかった。

「もしかして、これで威圧しているつもり？　あなたの奥方がとても気の毒になったわ。こんな風にしか女に触れられない男と結婚しなければならないと分かっていたら、どんな手を使ってでも逃げ出したでしょうね」

「黙れ、この売女が！」

胸から手を離し、ゴーチェはアメリアの頬を力任せに叩いた。

衝撃と鋭い熱が頬に走り、黴臭《かびくさ》い枕に顔を埋める羽目になる。

アメリアはゆっくり頭の位置を戻し、再びゴーチェを見上げた。

「それで？　全てがあなたの勘違いだと分かったら、あなたはどう償うの？」

クラウディアではないと判断した根拠が知りたくて、わざと挑発する。

唇の端が切れたのか、口中に血の味が広がったが、気にはならなかった。

こんな男に負けたくない。その一心で痛みを抑え込む。

ゴーチェは「勘違いであるものか」と吐き捨てた。

アメリアのネグリジェの裾を荒々しい手つきでめくりあげ、右脚をぐい、と捻る。

羞恥と犯されるかもしれないという恐怖で、身体が竦みそうになった。

腹の底に力を込め、本能的に慄《おのの》く自分を叱咤する。

こんな男に見せる涙は、持ち合わせていないはずだ。

シグリッドは必ず来てくれる。

それまで時間を稼ぎつつ、ゴーチェから可能な限りの情報を引き出す。

それが今の自分の成すべきことだと、心の中で繰り返す。

ゴーチェは、アメリアの脚に視線を当てたまま、嘲るように言った。

「王女付きのメイドから直接聞いたのですよ。本物のクラウディア様には生まれつき、右のふくらはぎに小さな痣《あざ》があると。おや？　あなたには無いようですね」

クラウディアに痣があることは、アメリアも情報として持っていた。

ゼーフェラング側がそれを知ることはないだろうと思っていたが、ゴーチェは突き止めた。おそらく彼はアメリアをこの部屋へ運ぶ前に、ふくらはぎを確認したのだろう。

痣がないことで己の推論に確信を持ち、凶行に踏み切ったのだ。

「……私の素性に疑問を持ったきっかけは？　私は完璧に隠していたでしょう？」

観念した振りをして尋ねる。

彼は勝ち誇った顔で、アメリアの右のふくらはぎをねっとりと撫でまわした。

込み上げてくる吐き気を懸命に堪えつつ、じっと返答を待つ。

できることなら、今すぐ彼の顎を蹴り上げてやりたかった。

シグリッドに撫でられた時はあれほど心地良かったのに、今はただ虫唾《むしず》が走るだけだ。

ゴーチェはすっかり気分が良くなったらしく、嬉々《きき》として語り始めた。

「特にこれといってはありません。ただ、随分前評判とは違うな、とは思いました。クラウディア王女には宮内卿時代に一度しか会ったことがありませんが、私が挨拶しただけで卒倒されるような方でした。とてもじゃないが、あなたのような社交性を持っているとは思えなかった。何があって劇的に変わられたのか、個人的に気になったので色々と調べることにしたのです」

「……それだけで【サロン・ステラ】へ辿り着いたの？」

「王女にそっくりな娼婦を見かけた者がいるらしい、という何ともぼんやりした情報が入ってきた時には、私もまさか、と思いましたがね。どうにも気になってブレスコットへ足を運びました。あなたの情報を集める為、かなり散財したのですよ？」

「そう……。それは運が悪かったわね」

ゴーチェはアメリアの返答を、自らの不運を嘆いていると捉えただろうが、実際は違う。

アメリアは、ゴーチェが不運だ、と言ったのだ。

そんな情報さえ摑まなければ、ゴーチェはこれほどの暴挙には出なかっただろう。

しかも彼は、シグリッドが前々王毒殺事件にまつわる証拠を入手したことを知らない。

それもよく分かった。

もしも知っていれば、王妃の正体探しに熱中するのではなく、ひたすら保身の為の画策に身を入れていたはずだ。

アメリアを攫って枷を嵌めたゴーチェを、シグリッドは決して許しはしない。

全てが悪手に回った結果、避けられない破滅が、愚かな男の目前まで迫っている。

知りたいことは殆ど分かった。

全身の力を抜き、戦意を失った振りをしたアメリアを見下ろし、ゴーチェは下卑た笑みを浮かべた。

彼は寝台に腰掛けると、覆い被さるように上体を倒してくる。

狡猾そうな顔がすぐ傍に近づき、全身に鳥肌が立った。

「……陛下にあなたの正体を黙っていてもいいのですよ？」

彼は囁き、アメリアの唇に太い指を這わせた。

「あなたが私を楽しませてくれるというのなら、誰にも言いません。すぐに解放し、元の生活に戻して差し上げます。あなたがいずれ孕《はら》む子は、果たしてどちらに似ているでしょうね？　陛下か、それとも私か——。デュフォールの血を引く子どもがゼーフェラングの国王になる。何も知らない陛下が私の子を可愛がる。想像しただけでぞくぞくします」

陛下の為、などという上辺だけの理由を放り投げ、ついに本性を現した男に、アメリアは危うく叫び出すところだった。

お前に抱かれるくらいなら死んだ方がマシだ！　そう罵り、目前で舌を嚙《か》み切ってやりたい。

湧き起こる激情を懸命に抑え込み、平静を装って尋ねる。

「私が嫌だと言ったら、どうするの？」

「本物の王女ではないと分かったら、どうせ処刑されることになるのです。一度くらい味見させてください。あの堅物な陛下を夢中にさせたくらいだ。あなたの身体はさぞ甘いのでしょう。拘束を解けないのは残念ですが、交わるだけなら何の問題もない」

ゴーチェはそう言うと、わざと舌舐めずりしてみせた。

どちらにしろアメリアを犯すつもりなのだと分かり、いよいよ決断を迫られる。

全てが終わったあとで救われても、吐き気がするほど嫌いな男に穢《けが》された事実も記憶も消えはしない。それにアメリアは耐えられるだろうか？

だがここで自死を選べば、シグリッドは必ず暴走する。

優しく不器用な夫は、我に返ったあとで深く己を責めるだろう。

もう二度と彼自身を「冷酷なけだもの」などと呼ばせたくない。

（……今はデュフォールを受け入れるしかないの？）

胸中を絶望が浸していく。

身体を撫《な》で回されただけで吐きそうになったのに、正気を保ったままその先に進めるとはとても思えない。

押し黙ったアメリアを、迷っていると勘違いしたのか、ゴーチェは興奮に頬を上気させた。舐めるような視線で胸の膨らみを辿り、にい、と口角を引き上げる。

「あなたも自分の命は惜しいでしょう？　一言、縄を解いて抱いて欲しい、と懇願すればいいだけです。私はジスラン様とは違う。酷い真似はしません。最高に気持ち良くしてあげましょう。さあ、強情を張らず、私が欲しいと言いなさい」

アメリアの唇を弄る指の動きは更に大胆になった。

無理やり咥内《こうない》に押し込まれたシグリッドではない男の指に、アメリアの心が折れそうになったその時――。

部屋の外から荒々しい足音が聞こえてきた。

ゴーチェがハッとしたように扉を振り向く。

助けがきたのかもしれない。どうかそうであって欲しい。

アメリアは強く願いながら、汚らわしい指に思いきり嚙みついた。

ごり、と鈍い音がする。

このまま嚙み切ってやる、とアメリアは全力を振り絞った。

「ぐっ……！　この……っ！」

激高したゴーチェは、空いた方の手を振り上げ、アメリアの頭を殴りつけた。

目が眩《くら》むほどの激痛に頭が真っ白になる。

遠のいていく意識を引き止めたのは、扉が激しく壁に叩きつけられた音だった。

「アメリア、無事か…ッ！」

駆け込んできた人の姿に、抑え込んでいた感情が一気に膨れ上がる。

旅装のままのシグリッドの背後には、デニスと複数の近衛騎士が見えた。

（ああ、来てくれた……！　助かったんだわ……！）

今すぐ駆け寄って抱き締めたいのに、身体はピクリとも動かない。

「シグリッド、さま」

掠れた声で名前を呼ぶのが精一杯な現状に、ついにアメリアは涙を零した。

シグリッドの灰褐色の瞳が、みるみるうちに大きく開いていく。

太腿までまくり上げられたネグリジェ。左足首に嵌められた鉄枷。更には両腕を縛られた状態で頬を腫らしている己の姿を思い出し、懸命に首を振る。

大丈夫だ、穢されたわけではない。そう伝えたかったが、シグリッドは部屋の空気が震えるほどの咆哮を上げた。

「あ、アメリアとは……？　ち、ちがいます、陛下！　これにはわけが――……が、ハッ」

慌てて立ち上がり弁明しようとしたゴーチェの姿が、視界から消える。

一拍遅れて、びしゃり、と飛び散った血しぶきが頬にかかった。

生温かく鉄錆《てつさび》びめいた血の感触と匂いに、今度こそアメリアの意識は途切れた。

結局アメリアはそれから夜まで眠り続けていたらしい。

強く殴打された頭と疲労した心が、長い休息を求めていたのだろう。

ようやく目覚めたアメリアの視界に飛び込んできたのは、シグリッドの憔悴《しょうすい》し切った顔だった。

灰褐色の瞳に、深い安堵が広がっていく。

彼を暴走させずに済んだと分かり、アメリアも胸を撫で下ろした。

「……すまない。俺はまたお前を傷つけた……」

切れ長の瞳から溢れた涙が、アメリアの頬を濡らす。

「馬鹿なことを言わないで。あなたは私を助けてくれたのよ。悲しむ必要なんてどこにもない。ちゃんと間に合ったのですもの。……そうでしょう？」

それとも、間に合ったと思っているのは自分だけなのだろうか。

口の中に指を突っ込まれたところまでは確かに覚えているのだが、実はその後犯されてしまったのだろうか。辛い記憶を勝手に改ざんしている可能性は？

不安で心臓が早鐘を打つ。

シグリッドは慌てたように何度も頷いた。

「もちろんそうだ。お前は無事だった。だが――」

彼は苦しげに顔を歪めると、アメリアの手首をそっと撫でる。

そこには縄の跡がくっきり残っていた。

「痛めつけられたことに変わりはない。それに、怖い思いもさせた。……あの場で剣を抜くのではなかった」

しゅん、と項垂《うなだ》れた姿に、思わず頬が緩んでしまう。

どうやらシグリッドは、アメリアの傍でゴーチェを処断したことを、いたく後悔しているらしい。

シーツに肘をつき、ゆっくり上体を起こす。

どう介助したものかと両手を彷徨わせるシグリッドに、アメリアはもたれかかった。

彼はすぐにアメリアを横向きに抱え、優しく包み込む。

預けた半身に感じる頼もしい感触と温もりに、じん、と胸が痺れた。

ようやくあるべき場所に戻ってこられた。そんな気がしてならない。

「リーンハルト様に叱られてしまったの？　それともユーリアかしら」

微笑みながら尋ねると、「両方だ。それとお前の侍女からも」という答えが返ってくる。

「『ただでさえ恐ろしい思いをされた姫様の前で、一体何をしてくれたんですか！』と物凄い剣幕で叱られた。お前の心に傷が残ったら、絶対に許さない。どんな手段を使ってもブレスコットにお前を連れて帰ると、それはもう大変な勢いだった」

「デイジーったら……」

普段は温和な彼女だが、大人しいだけの娘ではない。

だがそこまで激怒するとは意外だった。それもこれも、彼女が自分を大切に思ってくれているからだ、と胸が温かくなる。

「私は平気よ。気絶したのは、あなたが彼を手に掛けたからではないわ。デュフォールは本当に下衆な男だった。私が彼に何を言われたか、あなたが知ったあとであれば、あれほど容易《たやす》くは死なせてもらえなかったはずよ」

無慈悲なことを言っている自覚はあるが、因果応報だとしか思えない。

王妃の振りをしている元娼婦を凌辱したい、という欲に負けなければ、大罪をすでに犯しているデュフォールにもあれよりはマシな死が与えられたかもしれないのだ。

シグリッドは唖然とした顔で、こちらを見下ろしていた。

アメリアの物言いに引いたのかもしれない、と少し怖くなる。

「ごめんなさい、死人に鞭打《むちう》つことはないわよね」

「いや、そうじゃない」

シグリッドはすぐに首を横に振り、恐る恐るといった様子でアメリアの顔を覗き込む。

「……俺が恐ろしくはないのか？」

彼の容赦のなさを怖がる者もいるかもしれない。

だがアメリアにとっては何の脅威でもなかった。

シグリッドは決して自分を傷つけない、という自信がある。

思ったままを伝えれば、彼はアメリアの髪に顔を埋めてしまった。

「ほら、もう泣かないで」

「泣いてなどいない」

頑固に言い張るシグリッドに、「そういえば、あの部屋はなんだったの？　あなたはどうやって私の居場所を知ったの？」と尋ねてみる。

肝心な時に気を失ってしまったせいで、一体何がどうなって助かったのか分からない。

シグリッドはようやく顔をあげ、悔恨の滲む声で話し始めた。

「お前が連れていかれたのは、ジスランが妾《めかけ》たちを囲っていた後宮だ。とうに封鎖してあったんだが、取り壊す資金も手間も今は惜しくて、後回しにしていた」

「後宮……そんなものがあったことすら知らなかったわ」

「みな、お前には知らせたくなかったんだろう。デュフォールは警備兵への差し入れに睡眠薬を混ぜて眠らせたあと、お前を麻袋に詰めて運んだらしい。警備兵にもデュフォールを警戒するよう言っておけばよかったのに、限られた者にしか情報を明かしていなかった俺の失態だ」

シグリッドは悔しそうだが、アメリアが引っかかったのはそこではない。

「それは仕方ないわ。それより、麻袋？　袋に詰められても、私は起きなかったの？」

俄《にわ》かには信じがたい話に、何度も確認してしまう。

シグリッドは、ああ、と頷いた。

「寝ているお前にも薬を嗅がせたんだろう。奴が部屋に入ってきたことには、気づけないと思う。お前はとても眠りが深いから」

最後の一言にはやけに実感が篭《こも》っている。

自覚はないが、毎晩共に休んでいる彼が言うのなら、そうなのかもしれない。

「深夜、麻袋を台車に乗せて歩くデュフォールの姿を、哨戒《しょうかい》の兵士が目撃している。時間帯が時間帯なだけに、気になってあとをつけたらしい。奴が封鎖された後宮に入るのを見た兵士がデニスに早馬を送ってくれたお陰で、俺たちは間に合ったんだ」

「そうなのね。彼はなぜ、リーンハルト様に？」

「王城の警備責任者は、騎士団長である彼だからな」

なるほど、と頷き、話の続きを待つ。

「デュフォールが運んでいた麻袋の中身がなにか、俺たちにも分からなかった。だが、もしもお前を攫われたのだとしたら？　最悪の想像が頭を過ぎった時にはもう、馬を駆けさせていた。後宮につくまで、生きた心地はしなかった」

部屋に踏み込んできた時の彼の必死な形相を思い出す。

どれほど気を揉んだだろうと思うと、こちらの胸まで痛くなった。

「本当にありがとう。麻袋の中身がただの芋じゃなくてよかったわ」

込み上げてくる感傷を逃がそうと、あえて冗談めかして言ってみる。

シグリッドはようやく雰囲気を和らげ、小さく微笑んだ。

「そっちの方がよかった」

「では中身がただの野菜だったとしても、哨戒の兵士は咎められないのね」

「当然だ。一度でも叱れば、兵士たちは彼らが見たものを隠すようになる。どうせ大したことはないだろうとたかをくくった挙句、重大な兆しを見逃すことになっては目もあてられん。たとえただの芋であっても、デニスも俺もよく知らせてくれた、と労った」

期待通りの返答に、アメリアは深く満足した。

彼のそういうところがとても好きだ、と改めて思う。

「それにしても、まさかデュフォールがあんな馬鹿げた真似をするとはな……。奴はもっと慎重で狡猾な男だと思っていた。それとも俺が証拠を摑んでいることに気づいて、自棄《やけ》になったのか？」

首を捻るシグリッドに、アメリアは「それは違うわ」と否定する。

「デュフォールは、私がクラウディア様の身代わりだと気づいたの。彼いわく『陛下の傍にいる毒婦を見過ごせなかった』から攫ったそうよ」

シグリッドの眉間に深い皺が刻まれる。

「お前によくそんな口が利けたものだ。自分を棚に上げるにも程がある」

「本当よね。でも気の毒な部分もあるわ。彼にリーンハルト様と同じだけの情報収集能力があったのなら、私を攫いはしなかったでしょう。彼は私の正体を『ブレスコット屈指の高級娼婦』だと思ったみたい」

「……は？　なんだ、それは」

ぱちぱち、と瞳を瞬かせるシグリッドに、彼とのやり取りをかいつまんで話す。

『どちらの子を孕むか楽しみ』と言われた部分は、あえて省かなかった。

彼が何故、あんな暴挙に出たかについても『娼婦あがりの偽物王妃を凌辱したかったのだろう』と見解を述べる。

アメリアのこの話は、重臣たちの耳にも入るだろう。

シグリッドはもちろん彼らにも、デュフォールが問答無用で処断されたのは、当然の結末だったと理解してもらいたかった。

「……それは確かに、生ぬるいことをした」

話を聞き終えた彼は、獰猛《どうもう》な光をその目にたたえ、低く吐き捨てた。


情報を交換したあと、シグリッドは王妃が目を覚ましたことを侍従に知らせた。

すぐに医師がやってきて、診察が始まる。

「念の為、数日は安静にして頂きますが、跡が残るようなことはありません。入浴もしていただいて結構です。両腕と左足首の擦過傷に軟膏《なんこう》を塗ることをお忘れなく」

医師は最後に念を押して、寝室を出て行った。

もう夜も遅いということで、食事は消化の良いリゾットとスープだけに留める。出された皿を綺麗に空にしたアメリアを見て、シグリッドはようやく表情を緩めた。

軽く湯あみをしたあと、再び寝室へ戻る。

寝台に入ると、シグリッドは早速、ジョルジュとの会談が首尾よく終わったことを教えてくれた。

「――では、明日には叔父様とクラウディア様に会えるのね！」

「ああ、ジョルジュ国王には必ず会える。だがクラウディア殿には、どうなろうな。王城まで来るかどうか、確認するのを忘れてしまった」

「今、行きたくないと宿屋の柱にしがみついて離れない彼女の姿が、目に浮かんだわ」

アメリアが呟くと、シグリッドは瞳を和ませ、頷いた。

「俺もだ。お前には会いたいだろうが、あの様子じゃ無理かもしれんな」

見知らぬ人に取り囲まれる危険性の高い王宮や王城は、クラウディアが最も苦手とする場所だ。勇気を出して足を踏み入れたとしても、アメリアのもとへ辿り着く前に失神する可能性がはるかに高い。

「会ってお話できたら運が良い、くらいに考えておくわ」

従姉妹の元気な姿をこの目で確認したい気持ちは山々だが、小心者のクラウディアを苦しめてまで会いたいとは思わない。たとえ二度と会えなくても、毎日を怯えて泣くことなく過ごしてくれたらそれで充分だ。

「あとは、お前の素性についてだが、重臣たちにはもう話した」

「えっ？　いつそんな暇が？」

思わず前のめりに問い返してしまう。

明日ジョルジュが到着した時に、皆に発表するのだろうと思っていた。

動転したアメリアに向かって、シグリッドは小さく微笑んだ。

「お前が気絶したあとだ。国王の寝室から王妃が消えたとの報告を受け、重臣たちは集まっていた。ちょうどいい機会だと思ってな。そこで、ブレスコットが結婚を嫌がるクラウディアの代わりにお前を寄越したことを話した」

「そうだったのね……。皆は、なんと？」

真実を明らかにしなければならないことは分かっていた。

だが、これまで親切にしてくれた重臣たちを驚かせ、傷つけたと思うと、己がしたことの罪深さに慄かずにはいられない。

蒼白になったアメリアの頰に、シグリッドは優しく手を当てた。

「そんな顔をするな。確かに驚いていたし、色んな意見も出たが、最終的にはみな納得してくれた」

初めは驚き戸惑っていた彼らも、デニスが詳しい調査結果を報告すると、大半の者が『アメリアも被害者だ』という結論に達したという。

そうなるよう、デニスが言葉巧みに印象を操作したのだろう。

でなければ、彼らはもっと憤りを覚えたはずだ。アメリアに騙されていた期間は、一年半にものぼる。

結婚誓約書については、尚書卿が『偽造なし』と判断した。

王妃の署名欄に『ブレスコット王家の娘』とサインされた誓約書を見た重臣たちは、絶句したらしい。

更にそれがシグリッドの指示だと知った彼らは、一様に頭を抱えた。最初から身代わりの事実に気づき、気づいた上でアメリアを庇うような真似をしたのだから、重臣たちが呆れるのも無理はない。

一旦結婚を解消し、違約金を要求するべきだという意見ももちろん出た。

だがそれはシグリッドが一蹴したそうだ。

『王妃を離縁しろというのなら、俺は王座を下りて彼女とこの国を去る。あとはお前たちでどうするか好きに決めればいい』――これには異を唱えた重臣も唖然とし、そこまで陛下が言うのなら、と引き下がったという。

一部始終を聞き終えたアメリアは、詰めていた息をようやく吐いた。

『みな納得してくれた』と夫は言うが、心から納得したわけではないだろう。

おそらくシグリッドもそれは分かっている。

失ってしまった重臣たちの信頼は、これからの行いで取り戻すしかない。

『汝《なんじ》はその言《げん》ではなく行動によって誠を証しせよ』――聖典にもある有名な言葉だ。

アメリアはその聖句を己の胸に刻むことにした。


そして迎えた翌日――。

昼を少し過ぎた頃、ブレスコット国王を乗せた馬車と護衛の近衛騎士たちは、正門から渡された跳ね橋を通り、王城へ入った。

シグリッドの隣に立ったアメリアの心臓は、破裂しそうなほど早鐘を打っている。

もうあとほんの数分で、全ての嘘は明るみになり、公私ともにアメリアはクラディアではなくなるのだ。重臣たちの根回しは終わっているとはいえ、ユーリアを始めとするそれ以外の者たちは未だ真実を知らない。

緊張と不安で、吐きそうになる。

「……俺がついている」

シグリッドがそう言って手を握ってくれなければ、まっすぐ立っているのも難しかっただろう。

やがて恭しく開かれた扉から、ジョルジュ国王が降りてくる。

彼はアメリアの顔を見るなり、ああ、と低く呻き、瞳を潤ませた。

ジョルジュはまっすぐにアメリアのもとに来ると、「本当にすまなかった」と開口一番、謝罪した。

なんだ、なんだ、と周囲がざわめく。

「どうか謝らないでください、叔父様。私が決めたことです」

『叔父様』というアメリアの言葉に、さらにどよめきが広がった。

「いいや、全ては私と、クラウディアの不徳の致すところだ。そなたには本当に申し訳のないことをした。見知らぬ土地で、どれほど心細かったことか……。亡き兄が知ったら、きっと激怒したことだろう」

ジョルジュの大げさな物言いは、おそらく周囲の目を意識してのものだ。

彼は姪の立場を守る為、あくまでアメリアは被害者であると強調している。

それがよく分かる言動に、アメリアの瞳にも涙の膜が張った。

それまで静観していたシグリッドが、ここで口を開く。

「やむを得ない事情があったことは分かっている。ブレスコットでの正式発表を待って、こちらでも声明を出そう。だが、今はまず貴殿の来訪を喜ばせて欲しい」

シグリッドの言葉に、ジョルジュは大きく頷いた。

「ようこそ、ゼーフェラングへ。友たる隣国の王であり、我が王妃、アメリアの叔父であるあなたを歓迎する」

高らかにシグリッドが宣言すると、重臣たちが口々に追従する。

宰相をはじめとする重臣たちはみな、平然としていた。

驚いているのは、それ以外の面々だ。――アメリア王妃？　クラウディア様ではなく？

といった囁き声があちこちから漏れ聞こえる。

「城の案内は、私が仰せつかっております。まずはこちらへどうぞ」

歩み出てきた宮内卿が丁寧に腰を折って挨拶をすれば、ジョルジュは柔らかな表情で
「よろしく頼む」と答えた。

全く動揺していない重臣たちの様子に、驚いていた騎士や文官、使用人たちも次第に落ち着いてくる。

最初から平然としている者もちらほらいた。

デニスの傍にいるユーリアも、そのうちの一人だ。

彼女はアメリアの視線に気づくと、「あとで」と唇だけを動かした。

宮内卿と外務卿に挟まれる形で移動していくジョルジュの背中を追うようにして、シグリッドも歩き始める。

「――ありがとう、シグリッド様」

彼に導かれるまま歩きながら、アメリアは小声で感謝を伝えた。

ジョルジュ一行の中にクラウディアの姿はなかった。

一体、どこにいるのだろうと気にはなったが、まずはユーリアと話すのが先だ。

夜の晩餐会《ばんさんかい》まで、時間は充分ある。

アメリアは一旦自室に引き上げ、ユーリアの来訪を待つことにした。「俺も同席する」と言ってきかないシグリッドの隣に立ち、落ち着かない気持ちで扉を見つめる。

どれだけも経たないうちに扉はノックされ、デニスが夫人を伴って入ってきた。

ユーリアは軽く一礼すると、決然とした顔で口を開いた。

「一度だけ殴らせてください」

まっすぐな彼女らしいけじめのつけ方に、思わず頬が緩む。

「それであなたの気が済むのなら、喜んで」

アメリアの返答を聞いたデイジーが、悲鳴混じりの声を上げた。

「お待ちください！　それならどうか、姫様ではなく私を！」

ユーリアの前に立ちはだかろうとしたデイジーを止めたのは、デニスだ。

シグリッドはといえば、拳を握りしめ、懸命に耐えている。

一切の手出しは無用だと先に言っておいてよかった。

ユーリアはこちらに歩み寄ると、アメリアの両頬をぱちり、と両手で挟んだ。

正面で合わされた彼女の視線に、怒りの色はない。

「私が悲しいのは、信じていただけなかったことです」

微かに震えるその声に、アメリアはハッとした。

「信用を勝ち得ることができなかった己の至らなさが、憎いのです。お一人で苦しませてしまったことも、夫に言われるまで僅かたりとも気づけなかったことも」

ユーリアの瞳から大粒の涙が滴り落ちる。

「初めてお会いした時、なんて勇気のある方だろうと思いました。政変が起きたばかりの国へ乗り込んでこなくてはならなかったのですもの、さぞ心細かったことでしょう。勇敢なお妃様の支えになりたい。私はそう思ったのに、何もできなかった……！」

アメリアは堪らず彼女を抱き締めた。

「なってくれていたわ。あなたが私の支えではなかったなんて、たとえあなた自身にも言わせない！　誰にも真実は明かさないと決めてきたの。シグリッド様にも言えなかった。傷つけてしまって、本当にごめんなさい」

ユーリアは更にぼろぼろと涙を零した。

痺れを切らしたデニスが割って入って彼女を奪わなければ、そのまましばらく抱き締め合っていただろう。

「……次に何かあったら、どうか打ち明けてくださいね。必ず力になりますから」

目を真っ赤に腫らしたユーリアの懇願に、深く頷く。

ふと見遣れば、デイジーもハンカチで顔を覆い、嗚咽を漏らしていた。

安堵したように瞳を和らげるシグリッドと視線が合った途端、ゼーフェラングに嫁いできてからの数々の出来事が浮かんできた。

悲しいことや辛いこともあったはずなのに、蘇るのは心温まる場面ばかりだった。

幸せだ、としみじみ思わずにいられない。

アメリアは両手を広げたシグリッドの胸に飛び込み、溢れる涙を隠した。

その夜、ジョルジュ国王を歓迎する名目で開かれた晩餐会には、多くの貴族諸侯が参加した。

王妃がクラウディアの身代わりとして嫁いできた話は、あっという間に広がり、誰もがアメリアを本来の名で呼んでくる。

大半の者は温かな言葉を掛けてくれたが、それでも中には嫌味を言ってくる者もいた。

その度、鋭い殺気を発するシグリッドを、デニスが「まあまあ」と抑える。

アメリアは、柔らかな笑みで彼らの嫌味を躱《かわ》した。

本当は全員に頭を深く下げて謝りたかったが、王妃という立場がそれを許さない。

それにもう、犯した過ちはこれからの行いで償うと決めていた。

毅然と振舞うアメリアを見て、ジョルジュは感嘆の息を漏らした。

大広間の窓際にあるカーテンの影から一部始終を覗《のぞ》き見していたクラウディアもまた、遠目に見える従姉妹の姿に、滂沱の涙を流している。

「ああ、お姉様……。なんてご立派でいらっしゃるのでしょう……」

「クラウ様。いい加減泣《な》き止《や》んで、そろそろご挨拶に参りませんか？」

「は、はぁ!?　無理に決まってるでしょう？　あなたが誰とも話さなくていいというから、来たのに……そ、それとも、まさか騙したの!?」

泣きながら小声で糾弾する、という器用な真似を披露したクラウディアに、傍仕えの騎士が頭を抱える。

「もうこんな機会は二度とないですよ。後悔しませんか？」

「しないわ。お姉様にしなくていい苦労を強いたのは、この私なのよ？　どんな顔で会えばいいというの。それに、あんな煌びやかな場所に出て行くのは無理よ」

「後半が本音ですよね……」

頑固に言い張るおかっぱ頭の娘と困り切った騎士の攻防は続いたが、比類ない粘り強さで『王女の身分を捨てる』という己の夢を勝ち取ったクラウディアに一介の騎士が勝てるわけもなかった。

後日談　星降る夜は手を繋いで

「——ここにいたのか」

耳に心地良い響きの低音が、背後から聞こえる。

次いで、ふわりと馴染みのある感触に包まれた。

背中から抱き締めてきたシグリッドの腕に、アメリアは己の手を重ねた。

「今夜は、沢山の星が見えるのですって。ここからでも見えるかしら」

国王の寝室から張り出したバルコニーからは、王都が一望できる。

多くの人々がその家に灯《とも》す明かりが一面に広がる様子は、圧巻だった。

視線を上にあげれば、いつもと変わらない夜空が広がっている。

一際強く輝く星がいくつか見えるものの、街の明かりを見たあとでは物足りなく感じた。

「しっかり見たいのなら、人里離れた場所の方がいいらしい。王都は夜でも明るすぎる」

シグリッドもアメリアと同じ感想を抱いたらしく、そんなことを言った。

「人里離れた場所？　すぐには思いつかないわ」

「ゼーフェラングだと、聖地ノルドが有名だな。遺跡は高台にあるし、周りには何の建物もない。巡礼ついでに星を眺めていく者も多いそうだ」

「それは素敵ね……！　いつか私も行けるかしら」

「もちろん。母上が王妃だった頃も、年に一度は参拝していた。彼女は一人で行っていたが、アメリアは俺と行こう。母の体調が良ければ、会わせることもできるかもしれない」

夫と息子を続けて亡くした前王妃はすでに教会に献身し、聖地ノルドの修道院で暮らしている。

世俗を捨てた彼女は、ただ一人残った息子の結婚式にも来なかった。

シグリッドが王位に就いた経緯を思えば仕方ないことなのだが、一度くらいはきちんと挨拶をしておきたい。だがそれももちろん義母が望めば、の話だ。

「いいわね。シグリッド様と二人で出かけられるのなら、理由は何でもいいわ」

「またそんな可愛いことを……」

シグリッドは困ったように言うと、アメリアの腰に巻き付けた腕に軽く力を込める。

「頼むから、これ以上俺を腑抜けさせないでくれ。最近あのデニスにまで『惚気《のろけ》がひどい！』と注意されてるんだ」

「それなら、私も同じだわ」

くすくす笑いながら、アメリアは彼の頼もしい胸に頭を預けた。

「デイジーは、『実際にあったことを話しているだけで惚気になるって、一体なんなんですか』って呆れているし、ユーリアなんて『陛下が好きで仕方ないことはもう分かりました、これ以上は結構です』なんて言うのよ?」

アメリアの話に、シグリッドも声を立てて笑う。

結婚三年目に入った現在、アメリアは一時期の波乱が嘘のように平穏な日々を過ごしている。

ジスランが統治していた頃の増税と容赦のない徴収によって荒れ果てた地方の復興は順調に進み、山賊などの被害も激減した。

賊が討伐されてよかった、とは言い切れないのが、辛い。元は農民だったが、食うに困って賊になった者も多いのだ。

持たざる者が一方的に奪われる世界をどんなに変えたいと願っても、できることには限りがある。

だが王妃という立場を得た己には、ただのアメリアだった頃にはできないことができる。

シグリッドもアメリアの考えに賛同し、民に寄り添う施策を次々と打ち出した。

そんな国王夫妻の人気は、年を重ねるごとに高まっているそうだ。

『今となっては、嫁いでこられたのがアメリア様でよかったと、皆が申しております。あとは世継ぎの誕生を待つばかりですな』と宰相は満足そうに話していた。

その件については、今か、今かと待ち望んでいる宰相や重臣たちに謝らなければならない。

しばらくは二人きりでいたい、と言い出したのはシグリッドだが、快く受け入れたのはアメリアなのだから。

デイジーとユーリア以外は、王妃が避妊薬を服用していることを知らない。

もしかしたらデニスは知っているかもしれないが、それは仕方ない。彼はその気になればどんな情報だって入手できるのだから。

「何度探しても、同じ形のものを見つけられないな……。ノルドでは見つかるだろうか」

夜空に目を凝らしていたシグリッドが、溜息混じりに呟く。

彼が探しているのは、アメリアの手首に並ぶホクロと同じ形の星座だ。

いつかそっくり同じ星座を探してみせる、とシグリッドが意気込んでから、もうすぐ二年になる。

「夏の空では駄目なのかもしれない」

残念そうに彼が呟く。

「春の空では駄目かも、って先々月は言ってたわ」

「なら、王都では駄目なんだな、きっと」

納得したように独り言ちるシグリッドに、思わず笑ってしまう。

「本物はあなたの腕の中にいるのに、空にも欲しがるなんて欲張り過ぎない？」

「それはそうだが、地方へ視察に出る時はしばらく離れることになるだろう？　夜見上げた空に同じ星があれば、少しは寂しくなくなる」

何とも健気なことを言うシグリッドに、きゅう、と胸が締め付けられる。

だが、彼の気持ちはアメリアにもよく分かった。夫が傍にいない日は、心にぽっかり穴が開いたような感覚に襲われるのだ。

「そろそろ、いいと思うの」

くるりと踵を返し、シグリッドを正面から見上げる。

彼が軍服を着たままであることに、そこでようやく気がついた。

執務後、シグリッドは湯浴みに行かず、アメリアを探しにきてくれたようだ。

それだけ、自分に会いたかったということだろう、とますます心が浮き立つ。

「ん？　何がだ？」

「赤ちゃんのこと。避妊しなくなったからってすぐにできるわけじゃないと思うけど、私はあなたの子どもが欲しい」

アメリアはもう二十五歳になっている。

平民の娘ならともかく、王妃ともなればそろそろ初子を、と周囲が焦り始める歳だ。

シグリッドが、血を分けた家族について良いイメージを持っていないことは分かっている。重臣たちもそれを知っているから、そこまで急かしては来ないのだ。

「あなたは、まだ怖い?」

思い切って踏み込んでみる。

しばらく二人きりで過ごしたい、というのももちろん彼の本音だろうが、他にも理由があるのではないかとアメリアは疑っていた。

そしてそれは、彼がその手にかけたという実の兄にまつわることではないかと。

シグリッドは何とも言えない顔で、アメリアを見下ろした。

「……最初は、何も考えてなかった。王妃との間に子を成すのは国王の義務だと思っていたし、いずれ俺にも子ができるだろう、と他人事のように思っていた」

彼はそこまで話すと、眉間に深い皺を刻む。

「だが、お前と共に過ごす日々を幸せだと思えば思うほど、何故このままではいけないのか、分からなくなった。どんな子が生まれてくるのか分からないのに、何故みな手放しで子を望めるのか、俺には分からない。生まれてくるのが、ジスランのような獣でもいいのか?　違うだろう。みな、優しくて賢い、人の子が欲しいのだろう?」

「シグリッド……」

彼の切々とした口調に籠る絶望と悲しみに、胸が痛くなる。

「兄上も俺も、血を好む獣を心の中に飼っている。そういう血筋なのかもしれない。お前の方こそ、怖くないのか？　俺やお前を殺すかもしれない子を、愛せるのか？」

シグリッドはそう問うと、唇を引き結んだ。

ジスランが残した傷は今なお、夫の中で息づいている。

じくじくと膿《う》んだその傷からは、不安と不信が痛みを伴って流れ続けている。

それがよく分かる言葉の数々に、アメリアは大きく息を吸った。

彼の襟首を掴んで引き寄せ、こつんと額を合わせる。

「愛せるわ。どんな子だって、愛してみせる。もしも他の子とは違ったとしても、一緒に悩んで苦しんで、駄目なことは駄目だと言い続ける。最後まで諦めてやらない。明るい方を目指して一緒に歩いていくわ」

「……っ！」

シグリッドは小さく息を呑み、身体を強張らせた。

どれだけ言葉を重ねたところで、「ああ、そうか」と納得できる話ではないだろう。

だからと言って、見て見ぬ振りをすることはもうできなかった。

「どんな子が生まれてくるかは、あなたの言う通り分からないわ。苦しいばかりかもしれない。それでも、幸せな瞬間が皆無だとは思えないの」

灰褐色の瞳を覗き込み、精一杯の想いを込めて話しかける。

シグリッドはくしゃりと顔を歪め、アメリアをきつく抱き締めた。

「……お前を愛してる」

「私ももちろん愛してるけど、それじゃ答えになってないわ！」

今にも泣き出しそうなその声を、わざと大げさに咎めてみせる。

彼はふは、と噴き出し、今度は確かな声でこう言った。

「そうだな。頑張ってみるか」

よかった、伝わった。

安堵したアメリアの唇を、シグリッドが優しく啄《ついば》んでくる。

軽い戯れだと思ったアメリアは、微笑みながらそれを受け入れた。

それから再び星空観賞に戻ろうとしたのだが、シグリッドはアメリアの顎を掴んで離さない。

始めは表面に触れるだけだった口づけが、次第に深いものに変わっていく。

下唇を甘噛みされた時は、さすがにアメリアもおかしいと思い始めた。

「ま、まって……──」

ここは外なのよ？　と続けようとした言葉は、「待てない」の一言で切り捨てられる。

「最愛の女に、俺の子が欲しいと口説かれたんだぞ。止まれると思うか？」

いや、それはそうだけど！　心の中で悲鳴を上げたアメリアだが、心底嫌なわけではもちろんない。

アメリアの身体はすっかり彼の形と熱を覚えていて、性的な意図をもって触れられればすぐに反応するようになっている。

今夜もそうだ。

唇の間から捻《ね》じ込《こ》まれた肉厚の舌に、早くもアメリアは蕩かされようとしていた。

くちゅくちゅと音を立てて互いの舌を絡め合い、口蓋をくすぐり合う。

脳天が痺れるような快感に、頭がぼんやりしてくる。

大きな手で乳房を揉まれ、ツンと尖った乳首を硬い指先でカリカリと引っ掻かれ始めた頃にはもう、寝室の外で夫婦の秘め事に耽ろうとしていることへの忌避感は消えていた。

今すぐシグリッドが欲しい。一瞬でも離れたくない。

立ったまま激しい口づけを交わし、もどかしい思いで互いの身体の輪郭を辿った。

張りのある生地の手触りに、はあ、と熱い息を吐く。

軍服姿の彼と淫らな行為に及んでいる、と改めて自覚した。

執務中のシグリッドとは、軽いキスすらしたことがない。

今はもうプライベートな時間だと分かっているのに、彼の恰好が日中と同じというだけで、何故かいけないことをしている気分になる。

下腹部に押し付けられる昂《たか》ぶりに、そっと右手を這わせ、優しく撫でる。

シグリッドは低く唸ると、片手をベルトにかけた。カチャカチャとバックルが擦れる音がしたあとで、生々しい熱を握り込まされる。

すっかり勃ち上がった雄芯を愛おしく感じる。

きゅ、と少しきつく握って、教えられた通りに擦り上げれば、熱い吐息が降ってきた。

仕返しだとばかりに、シグリッドはアメリアの腰を強く引き寄せ、胸を反らさせる。

薄いネグリジェの生地の上からもくっきりと分かる乳首に、シグリッドは噛みつくようにしゃぶりついた。

じゅ、じゅ、と音を立てながら、厭《いや》らしく吸われれば吸われるほど、布越しであることが辛くなる。

直に愛撫《あいぶ》されればどれほど気持ちがいいのかを、アメリアはもう知っていた。

「ふぁ、あ、やぁ……っ」

むずかる声が知らずと漏れる。

シグリッドは色香に満ちた綺麗な顔を上げ、にやり、と雄めいた笑みを覗かせた。

「いや？　何が嫌なんだ？」

「わかってる癖に……」

「俺が思ってることと、お前のそれが同じなのか自信がない」

自信たっぷりな口調でシグリッドは言うと、わざと舌を伸ばして濡れた布越しに浮かび上がる乳首をぺろり、と舐める。

「直接して。いつもみたいに、して」

我慢できずにせがんでしまう。

シグリッドは長い息を吐いたかと思うと、荒々しい手つきでネグリジェのリボンを解き、襟ぐりを大きく開いてアメリアの肩を剝《む》き出《だ》しにした。

直後、しゅるり、と涼やかな音を立て、ふわりとした白い布の塊がバルコニーの石床の上で丸まる。

自分だけ裸になるのは嫌だったが、シグリッドが着込んでいる軍服の脱がし方が分からない。せめて、ときっちり締められた詰襟のボタンを外し、あらわになった喉仏に口づけた。

ごくり、とシグリッドは喉を鳴らし「ここでしたい」と熱を孕んだ声で囁いた。

「このましたい。駄目、か?」

しどけなく緩められた軍服からわずかに覗く肌が、強烈な雄の色香を放ってアメリアを誘惑する。

「だめじゃない」

蕩けきった瞳でゆるく首を振った途端、逞しい腕に再び抱き込まれる。

バルコニーの壁面に縫い止めたアメリアを、シグリッドは広げたマントの中に隠した。

誰にも見えないようにした上で、期待に震える身体を激しく貪り始める。

白い乳房にかぶりつき、乳首を舌で左右に弾きながら、剛直の切っ先を当てて濡れた秘部をかき回す。

甲高い声を上げそうになる度、彼の肩を噛んで堪えた。

アメリアを散々昂らせたあとで、シグリッドはアメリアの右脚を持ち上げ、更に身体を密着させた。

どれほど腰を突き上げても浅い部分しか入らなかった体勢から、本気で繋がる為の体勢に変わったことに気づき、胎の奥が切なく疼《うず》く。

シグリッドはしとどに濡れる蜜口に切っ先を当てたかと思うと、一息に奥まで貫いた。

目前に白い火花が散る。

ちかちかと煌めくそれに、あ、あ、と言葉にならない声が漏れた。

欲しくてたまらなかったものにみっちりと埋められた中は悦《よろこ》び、きゅうきゅうときつく食い締めている。

挿れられただけで達してしまったのは、これが初めてだ。

「イったのか？　もう？」

驚きと欲情の入り混じった声がすぐ耳元で聞こえる。

腰に響くその甘い低音に、また大きな波が来た。

声もなく全身を震わせるアメリアに、シグリッドは「く、そ…っ」と低く呻き、激しく腰を打ち付け始める。

「やあ、っ、そこ、ああッ……」

狂おしいほどの快感に襲われ、たまらず悲鳴を上げる。

休む暇など与えないとばかりに打ち寄せる強烈な波に、ひたすら揺さぶられる。

声を我慢する余裕などもう、どこにもなかった。

あまりの悦楽に怯え、逃げだそうと身を捩るアメリアを、シグリッドは離そうとしなかった。

自分の何かが彼の理性の箍を外したのだと分かったが、分かったところで止めることなどできないし、止めたくもない。

気づけば石床の上で四《よ》つん這《ば》いになり、背後から突き上げられていた。

前に回った武骨な指はぐずぐずに蕩けた秘所に這わされ、敏感に尖った秘芽を前後に擦り立てる。

酷く感じる部分を同時に攻められ、わけがわからないほど気持ちいい。

アメリアは敷かれたマントの裏布をきつく握り締め、背中を反らして喘いだ。

シグリッドが掠れた声で、何度もアメリアの名を呼ぶ。

その度にどうしようもなく心が震える。感情の昂ぶりに合わせて、身体の奥が呑《の》み込《こ》んだ欲望をなまめかしく締め付けた。

ちていく。

もう幾度吐き出したのだろう、彼が腰を軽く引くだけで繋がった部分から白濁が零《こぼ》れ落《お》

ひたすら互いを求めて絡み合った結果――。

その夜アメリアはバルコニーで意識を失う羽目になった。

かろうじて理性を取り戻したシグリッドは、アメリアを抱えて寝室へ戻り、寝台にもぐりこむことには成功したが、情事の跡が色濃く残る軍服まではどうにもできなかった。

翌日、脱ぎ捨てられたままの軍服とマントに気づいた従僕が真っ赤になり、彼からそれを受け取った洗濯婦が頭を抱えたのは、また別の話だ。